오늘도, 펼침

오늘도, 펼침

Reading is Living

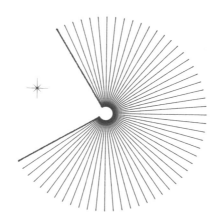

이성갑(주책공사) 지음

라곰

매일 오전 11시, 펼침

주책공사는 매일 11시에 펼치고, 20시에 덮습니다(저는 서점 문을 여는 시간과 닫는 시간을 펼침과 덮음으로 표현합니다). 주책공사를 '펼치는' 시간은 11시입니다. 1+1=2라는 증명 때문입니다. 하나와 하나가 만나 둘이 된다는 뜻이지요. 그래서 주책공사의 개업일 또한 2020년 02월 02일이고요. 좋아하는 숫자를 말할 때 2가 아니라 '1+1=2'라고 말하는 이유이기도 합니다. 주책공사를 '덮는' 시간은 20시입니다. '1+1=2'가 영(0)원해지라는 기도의 의미죠.

저는 이곳 서점에 늘 혼자 있습니다. 이곳에 찾아올 또 다른 혼자를 기다리면서 말이죠. 감사하게도 서점을 연 이후로 단

한 명의 사람을 마주하지 못한 적이 없습니다. 더 나아가 단 한 권의 책도 팔지 못하고 집으로 돌아간 적도 없습니다. 정말 감사한 일입니다. 저는 이것을 기적이라고 믿습니다. 그리고 이 믿음을 귀하게 여깁니다.

이 기적은 이곳을 찾아오는 독자(저는 서점을 방문하는 모든 이를 '손님'이 아닌 '독자'라 칭합니다.) 한 분 한 분이 계셨기에 가능한 일이었습니다. 찾아주신 그 걸음이 없었다면 주책공사의 호흡은 그리 길게 이어지지 못했을 겁니다. 그 걸음은 분명 주책공사가 이 땅에서 뿌리내릴 수 있게 한 거름이 되었고요(걸음은 거름이었습니다!).

아무리 애써도 갚을 수 없는 사랑을 서점에서 받습니다. 그 사랑의 걸음을 갚기 위해 오늘도 삶을 다하고, 가진 것을 나누려 노력합니다. 하지만 아무리 애써보아도 받은 사랑에 닿지를 못합니다. 너무나도 커서 그렇습니다. 다만, 주책공사의 존재 자체만으로 독자들의 사랑을 갚고 있는지도 모르겠다고 생각해봅니다. 내가 지금 할 수 있는 일과 하는 일이, 누군가에는 희망이며 호흡이자 기적입니다.

그대는 어떠한 삶을 살아가고 싶습니까? 주책공사는 2가 되고 싶습니다. 언제나 이곳에서 독자와 함께 2를 만들어가고 싶습니다. 그로 인해 이 세상에서 책으로 서로가 서로에게 걸음이 되고 거름이 되고 싶습니다.

주책공사가 누군가에게 희망이자 기적이 될 수 있었던 건 곁에서 함께해준 분들 덕분입니다. 강인함을 보여준 나의 아버지 이일준 씨, 인내함으로 살아준 나의 어머니 곽미숙 씨, 주책공사가 있기까지 물심양면 지지와 사랑을 보내준 내 동생 이성미와 나의 매제 김정만, 책 읽고 쓰고 파는 삼촌을 자랑스러워하는 나의 조카 1호 김예담과 나의 조카 2호 김예안, 나의 가족에 감사를 전합니다. 이 책이 독자에게 닿을 수 있게 애써주신 최지연 편집자님께도 고마움을 전합니다. 끝으로 주책공사의 5년을 책임져주신 나의 하나님께 모든 영광을 돌립니다.

사랑의 빚진 자
이성갑 드림

차
례

펼치며 매일 오전 11시, 펼침 · 5

1 여기는, 서점입니다

삼촌 이름은 주책공사 · 15

찍찍찍! · 17

피자헛 동지들처럼 · 20

부족함의 조각들이 모여서 · 23

해도 해도 안 된다면 · 28

동생과의 통화 · 31

책에는 답이 없다 · 33

팔자 좋네 · 36

나누려고 책 팝니다 · 38

2 오늘도, 펼치다

"안 망하고 있겠습니다" · 65

하루 일과 · 63

연중무휴 · 67

오늘도, 배웅 · 71

미련해 보일지라도 · 58

나의 미숙이 · 56

징하다 징해 · 54

가장 큰 변화 · 50

사는 데 도움이 됩니까? · 46

산복도로 · 43

내 이름은 📖📢 · 40

어떤 공간, 어떤 흔적 · 102

이게 진짜 되네! · 99

밤새 함께, 주책야독 · 96

우연한 기쁨 · 93

책들의 번식 · 92

인터넷 장애 · 90

꼭 이 책이어야만 합니다 · 87

생일 책의 탄생 · 83

남는 장사 · 80

당신을 찾아갑니다, 주책가방 · 77

6개월 만에 달라진 것 · 74

3 펼치고, 닫으며

한 글자 · 107

월급은 나오나? · 109

병원 vs 약국 · 112

삼일절 · 115

만년필 · 118

판단할 권리 · 121

옷을 팔아 책을 사라 · 124

고장 난 무선 이어폰 · 126

새 신발 · 130

사고 난 차 · 132

면도날을 바꾸다 · 134

무엇을 쓸 것인가 · 136

충전하러 갑니다 · 139

우리들의 교집합 · 170

딱, 책 한 권 값이 모자랐다 · 167

여덟 가지 마음들 · 164

그날의 손님 · 161

쓰임 받을 수 있는 기쁨 · 158

안녕하세요. 안희연입니다. · 155

2020년 2월 2일 · 153

목욕 바구니를 든 할머니 · 151

4 어쩌다, 마주친

제목의 세계 · 141

속도를 줄이면 · 143

마음먹기 · 146

그대들, 다녀오세요 · 206

더 나은 선택 · 203

5 홀로, 이곳에

장기 기증 · 198

사소한 기쁨들 · 194

새벽 1시의 라방 · 191

오늘 있었던 일 · 189

읽음이 삶이 되는 순간 · 187

버스 타고 가는 30분 · 183

각별했기 때문에 · 179

할말은 하고 삽시다 · 176

조카와 한 약속 · 174

책 읽는 신문 배달부 오광봉 · 243

엉망이지만 완전한 축제 · 240

읽는 슬픔, 말하는 사랑 · 237

사카모토 류이치라는 별 · 233

제자의 붓질 · 230

어쩌다 마주친 그대 · 228

낭만이 사라져간다 · 226

책장, 冊張 · 224

밀란 쿤데라의 진수 · 221

Reading is Living! · 219

안으면, 포근하니까 · 216

혼자 있는 것을 좋아합니다 · 213

중쇄를 찍자! · 208

덮으며 마침표 · 245

1

여기는, 서점입니다

삼촌 이름은 주책공사

요즘은 다섯 살 조카 2호 예안이를 유치원에 자주 데려다줍니다. 등원하는 길에 이런저런 이야기를 나누는데요. 문득 삼촌 이름을 기억하는가 싶어 물어봤어요.

"예안아, 삼촌 이름이 뭐야?"
"주책공사."

자기 아빠 이름은 까먹어도 삼촌 이름은 곧잘 기억하던 녀석 인데 이제는 주책공사가 삼촌 이름이라고 여기나봅니다. 사실 예안이의 대답은 제가 추구하고 나아가는 방향의 정확한 대답 이었습니다.

어떠한 이름으로 불리고 싶습니까?
어떠한 이름으로 기억되고 싶습니까?

그대가 불리는 그 이름이, 불리고 싶은 그 이름이 삶이 된다면, 꿈을 꾸는 것만으로도 그 이름은 빛이 될 것입니다. 그대의 이름은 빛입니다.

서점을 운영하면서 다양한 질문을 받습니다. 자주 듣는 질문 하나가 주책공사를 열기 전에 이쪽 분야에서 일했었냐는 겁니다. (이 글을 쓰는 오늘도 같은 질문을 받았습니다!) 여기서 '이쪽'은 책에 관련된 직업을 뜻합니다. 출판사나 서점, 유통이나 마케팅을 뜻할 수 있겠죠. 혹은 글을 쓰거나 번역하는 작가일 수도 있겠네요. 도서관 사서도 포함될 수 있고요.

그들은 왜 저에게 그러한 질문을 할까요? 추측건대 겉으로 봤을 때 주책공사가 성장한 것처럼 보였기 때문일 것입니다. 그냥 잘된 게 아니라는 거죠. 아마 그들은 제가 오랫동안 이 분야에 종사했기 때문에 지금의 주책공사가 있다고 생각할 텝니다.

제가 "아니요! 전혀 관련 없는 일을 했습니다." 하고 답하면, 다들 적잖이 놀랍니다. 그리고 주책공사는 이제 만으로 5년 된 서점이라고 덧붙이면 충격을 받습니다. 아주 오래된 서점으로 보이나봅니다.

'쥐도 궁지에 몰리면 고양이를 문다'라는 속담이 있습니다. 이 판사판 공사판인 거죠. 이러나저러나 죽는 건 매한가지라면 덤비고 보는 겁니다. 그냥 죽을 수는 없으니까요.

'고양이 목에 방울 달기'라는 속담도 있습니다. 실행 불가능한 일을 의논한다는 말이니, 쓸데없는 일을 한다는 뜻이지요. 굳이 고양이 목에 방울을 달려고 갈 필요는 없다는 겁니다. 죽을 수는 없으니까요.

저는 궁지에 몰린 쥐였습니다. 아니, 일부러 고양이가 있는 궁지로 간 쥐였습니다. 저는 방울을 들고 있는 쥐였습니다. 아니, 일부러 고양이 목에 방울을 달려고 간 쥐였습니다. 고양이를 물어 이긴다면, 고양이에게 방울을 달 수 있다면 더 이상 무서울 게 없다고 여긴 쥐였습니다. 단, 목숨을 걸어야 했습니다. 그래서 저는 목숨을 걸고 책을 읽고, 쓰고, 팔았습니다.

책과 관련된 일을 해본 적이 없는 제가 서점 문을 열며 가질 수 있는 태도는 오직 그뿐이었습니다. 그 쥐가 지금의 주책공사를 이끌어갑니다. 찍찍찍!

피
자
헛

동
지
들
처
럼

서점을 운영하기 전 피자헛에 5년을 몸담았습니다.

갓 입사했을 때 입사 동기도 있었습니다. 동기들과 서로 일하는 매장은 달랐지만 공통점이 있었어요. 매장의 막내라는 점이었지요. 매장마다 막내여서 교육이 있을 때면 꼭 만나곤 했어요. 막내가 처리해야 할 업무를 공유하며 교류하다보니 자연스레 서로 친분이 생겼습니다.

막내들은 대개 매장 마감 조로 근무가 배정됩니다. 그래서 마감을 마치면 부산의 중심인 서면에 약속을 정해놓고 하나둘 모여 회식도 했어요. 마감 시간이 밤 11시라 다 모이면 자정이 되곤 했지요.

아무것도 하지 않고 모이기만 해도 동질감이 엄청났습니다. 피자헛 이야기로 시작해서 집에 갈 때까지 피자헛 이야기를 합니다. "우리 이제 피자헛 이야기는 그만하자!" 해도 원점으로 돌아갑니다. 안 하려고 해도 안 되더라고요.

피자헛 이야기는 해도 해도 끝이 없었습니다. 매장에서 일어난 이야기를 주로 나눴는데, 다들 막내다보니 부족함도 많았고 서러움도 컸던 것 같습니다. 모여서 각자 울분을 토했던 것이죠. 서로의 위치가 같았기 때문에 가능했던 대화였습니다.

제가 피자헛을 떠난 지도 5년이 넘었습니다. 그때 함께했던 이들과 자주 만나지는 못하지만, 우리는 여전히 피자헛 이야기를 합니다. 우리는 동지였으니까요.

이제 저는 주책공사에서 책 동지들이 생겨서 책 이야기를 나눕니다. 주책공사라는 새로운 공동체가 생겼고, 책을 읽는 사람들이 그곳을 채우고 세워가고 있습니다.

읽는 동지들, 반가워요! 우리 책 회식할까요? 책으로 시작해
서 책으로 끝나는 그런 회식 말입니다. 해도 해도 끝이 없을
책 이야기를 동지들과 나누고 싶습니다.

고백건대 저는 스무 살이 되어서야 책을 읽기 시작했어요. 누군가를 위해 살아가고 싶어 목사가 되려고 했고, 스무 살에 신학교에 갔습니다. 목사가 되면 반드시 해야 할 일이 있습니다. 바로 설교입니다. 그런데 저는 그 점을 간과했습니다. 설교는 책(성경)을 읽고, 글(설교문)을 쓰고, 대중(성도) 앞에 말(강의)로 그 내용을 전달하는 행위입니다. 목사에게는 쓰기와 말하기가 모두 중요한 것이죠.

처음에는, 이 설교를 두 번 다시 생각하기 싫을 정도로 정말 못했습니다. 그때의 온도까지 또렷이 기억합니다. 그날 무슨 옷을 입었고, 무슨 양말을 신었고, 무슨 넥타이를 맸는지까지 모조리 다 기억해요. 그때의 저는 설교가로 아주 부족했던 사람이었습니다. 잘 쓰고 잘 말하기 위해 스무 살 청년은 책을 읽기 시작했습니다.

하면 할수록 요령이 생기고 실력이 늘더군요. 성도들은 설교가 참 좋다고, 은혜가 된다며 저를 추켜세웠습니다. 그때부터 요령을 부리기 시작했습니다. 그랬더니 멋지게 전할 수는 있었지만, 멋지게 살아갈 수가 없었습니다. 읽고 전하는 글과 말이 나의 삶이 되어야 하는데, 전혀 그렇게 살아갈 수가 없었습니다. 진짜 목사가 되어야 하는데, 가짜 목사가 되어가고 있었습니다.

겉으로는 점점 유명해졌지만, 안으로는 점점 무능한 사람이 되어갔습니다. 삶이 무능해졌습니다. 미움과 시기가 자꾸 커졌고요. 그래서 그만두었습니다. 이러다 영혼을 살리는 게 아니라 죽이겠다 싶어서요. 흘려보내줘야 하는데, 더러운 것을 흘려보내고 있는 제 모습을 봤거든요.

목회를 그만둔 뒤로는 피자헛에 입사했습니다. 처음에는 아르바이트로 시작했어요. 주방이 아니라 배달 아르바이트였습니다. 주방에 대한 시스템은 전혀 몰랐죠. 그러다 정규직으로 입사하면서 주방, 홀, 배달까지 전부 익혀야 했습니다. 수습 기간 3개월을 거친 뒤 매장으로 정식 발령될 예정이었는데, 회사 사정으로 급히 수습 1개월 차 때 매장으로 발령이 났어요.

그 당시 저는 매장 문만 열고 닫았지, 사실상 할 줄 아는 게 없는 바보였어요. 여전히 배달만 할 줄 알지 주방이랑 홀은 조금씩 알아가던 차였거든요. 제가 할 수 있는 거라고는 남들보다 두 시간 더 일찍 출근하고, 남들보다 두 시간 더 늦게 퇴근하는 것뿐. 그때 제 나이가 서른세 살이었습니다. 그렇게 노력했더니 몇 년 뒤 결과가 눈에 띄었습니다. 제가 점장으로서 관리한 매장의 전년대비 매출성장과 고객만족도가 전국 탑10에 들었습니다. 그때 매장 운영 시간보다 두 시간 일찍 오고 두 시간 늦게 가던 습관은 서점을 하는 지금도 이어지고 있습니다.

교회의 목회자였고 피자헛의 점장이었던 때, 그때의 저는 주책공사를 운영하는 지금보다 훨씬 더 열정이 넘쳤습니다. 물론 지금도 열정적으로 삶을 다하고 있지만, 그때보다는 확실히 덜합니다. 맨땅에 헤딩은 하지 않으니까요. 그만큼 실패의 경험이 연륜으로 남아 살이 되고 피가 되었기 때문인지도 모르겠습니다. 삶을 대하는 태도가 조금 성장한 것일 수도 있겠군요.

주책공사는 실패의 조각, 부족함의 조각으로 생겨난 곳입니다. 그 실패와 부족함의 조각이 교훈이 되어 최선을 다한 결과입니다. 누구나 실패할 수 있고, 누구나 부족합니다. 그 부족함을 어떠한 자세로 헤아리는가에 따라 삶의 결과는 달라집니다. 헛된 삶은 없습니다.

식물에게 물과 빛,

습도와 온도만큼 중요한 건

바로 환기입니다.

주기적인 환기를 통해

식물과 흙을 건강하게 유지해줘야

벌레도 안 생기고 식물도 건강해집니다.

책을 읽는다는 것은

삶을 환기하는 행위입니다.

그 환기가 우리의 삶에

숨결이 될 수 있기를.

독자와 함께 활자로

호흡할 수 있어 기쁩니다.

해
도
해
도
안
된
다
면

"해야겠다! 해야 한다!"

마음을 먹으면 기필코 해내고야 마는 성격입니다(그래서 좀 피곤합니다). 저에게 '해내고야 만다'는 것은 단순히 '한다'는 게 아니라 '미친 듯이 달려 최고의 결과를 도출해낸다'는 의미입니다. 이런 저 자신이 무서울 때가 있습니다. 원하는 만큼 될 때까지는 소위 영혼을 갈아 넣을 정도로 눈에 보이는 게 없으니까요. 주책공사도 그렇게 운영하는 중입니다.

새로운 환경과 과정에 도전했을 때 포기하고 싶었던 적은 없었습니다. 그런데 딱 한 번, 포기하고 싶었던 적이 있었어요.

지금도 그때를 떠올리면 오금이 저려요. 진짜 힘들었거든요.

2015년의 일입니다. 멀쩡히 잘하던 목회를 그만두고 피자헛에 입사했을 때입니다. 365일 정장 차림에 넥타이를 매고 다니던 사람이 하루아침에 앞치마 입고 위생모를 쓰고 피자를 만드는 직업을 갖게 되었습니다. 환경에 적응하기가 좀처럼 쉽지 않았어요. 워낙 독한 인간인지라 뭘 포기해본 적이 없었는데, 그때 처음으로 포기를 하고 싶었습니다.

매일매일이 지옥과도 같았어요. 살면서 출근하기가 그렇게 싫었던 적이 없었죠. 피자 재료는 뭐가 그리 많은지, 조리법은 왜 이리 복잡한지, 피자 도우 프렙은 왜 이리 어려운지 도저히 갈피를 잡을 수가 없었지요. 내 나이 서른셋, 날마다 주방에서 헤매던 저는 스무 살 아르바이트생에게 거슬리니까 가서 설거지나 하라는 말까지 들었습니다. 저는 이때 수습 기간이었습니다.

포기하고 싶었던 찰나에 한 번 더 버텼고 그러다 정직원이 되었습니다. 스스로 느리고 부족함을 알았기에 두 시간 일찍 출근하고 두 시간 늦게 퇴근했습니다. 삶을 피자에 내던졌어요. 그렇게 5년을 피자헛에서 근무하고 마지막엔 점장까지 하고 퇴사했습니다. 그리고 저는 지금 주책공사를 운영하고 있습니다.

해도 해도 안 되는 일이 있습니다. 그럼 계속해야 할까요, 아니면 포기해야 할까요? 저는 계속해야 한다고 믿습니다. 왜냐면 결국 의지의 문제니까요. 삶을 돌이켜보면 결과를 도출하지 못했던 것은 의지의 문제였지 환경의 문제는 아니었거든요. 가능과 불가능은 의지의 문제입니다. 그저 시간이 걸릴 뿐입니다. 뜻을 이루지 못했을 때 자신의 의지가 아니라 환경을 탓하며 합리화하지 않았는지 생각해보세요. 답은 간단히 나올 겁니다.

저는 지금 또 다른 불가능에 도전하는 중입니다. 그건 바로 주책공사입니다. 아주 느리고 아주 더디지만 가능하다는 것을 증명하기 위해 해낼 수 있다는 믿음을 품고 달려가고 있습니다. 안 되는 건 없으니까요!

동생 : "요즘 왜 인스타 피드를 안 올리노?"

나 : "그럴 때도 있지."

동생 : "무슨 일 있나?"

나 : "없다."

동생 : "일상이라도 올리라."

나 : "알았다."

'일상'이라고 말하는 순간부터 머릿속은 '책'으로 가득 찼어요.
제겐 책이 곧 일상의 전부거든요.

서점을 하기 전에는 책은 삶의 일부였습니다. 그저 일상의 한 조각이었죠. 지금은 그 조각들이 모여, 삶이라는 피자 한 판이 되었습니다. 일상의 한 조각이 모여, 제 일상은 책이 전부가 되었습니다. 그 삶의 피자가 얼마나 맛있게요! 주책공사의 삶의 피자는 많은 독자와 함께 나누어 먹고 있습니다.

그대의 삶은 어떠한 일상의 조각으로 삶의 피자를 만들고 있나요? 이왕 만드는 거 좀 맛있게 만들어서 같이 나눠 먹으면 어떨까요?

책은 결코 답을 말해주지 않습니다. 여러분이 책에서 답을 찾으려고 한다면 찾지 못할 겁니다. 답을 못 찾으니 혹자는 이렇게 말합니다. 책을 왜 읽냐고요. 맞습니다. 책에서 답을 찾으려고 한다면 책을 읽을 필요가 없습니다. 책에는 답이 없기 때문이죠.

책은 답을 주지 않지만, 길을 만들어줍니다. 그 길은 나 자신이 만들어야 하고 내가 걸어가야 합니다. 그 누구도 대신 만들어주지 않고 걷게 해주지도 않습니다. 온전히 나의 몫입니다. 그래서 책을 읽는 데는 시간이 많이 걸립니다. 그 어떤 행위보다 품이 많이 들죠. 중요한 것은 그렇게 만들어 걸어간 길은 나만 걷는 길이 되지 않는다는 사실입니다. 다른 이들과 함께 걸어갈 수 있는 길이 됩니다. 모두 함께 사용하는 도로가 되는 것이지요.

제가 목숨 걸고 책을 읽고, 쓰고, 팔고 있는 이유 또한 함께 걸어갈 수 있는 길을 만들기 위해서입니다. 그러기 위해서는 잘 준비해야겠지요. 준비되지 않는다면, 내가 만든 길은 부실공사가 될 테니까요.

과거에 저는 목사가 되려고 했습니다. 그리고 그만두었습니다. 그때 그 시절로 돌아갈 일은 추호도 없습니다. 그 일을 내려놓았을 때 미련도, 후회도 없었던 건 그때 그 시절에 제가 할 수 있는 모든 것을 시도해봤기 때문입니다.

물론 완벽하지 않았습니다. 완벽할 수도 없고요. 여기서 '다했다'는 말은 저의 역량이 거기까지였다는 의미입니다. 비록 거기까지였지만 최선을 다했다고는 자부할 수 있었던 시절이었어요. 그래서 그때 그 시절로 돌아갈 일은 없다고 단언했습니다. 그 시절 저는 눈앞에 주어진 도로를 만들 수 있는 만큼 만들었다고 믿거든요.

지금도 그렇게 말할 수 있는 까닭은, 여건과 환경만 바뀌었을 뿐 저는 끊임없이 주책공사에서 이웃과 함께 걷고 뛰기 위해 길을 만들고 있기 때문입니다. 이 도로를 계속해서 만들어가려 합니다.

내가 걸어가면 길이 됩니다. 함께 걷는 길이 됩니다.

팔
자
좋
네

나: "오랜만이네."
친구: "뭐하노?"
나: "책 읽는데."
친구: "팔자 좋네."
나: "팔자가 아니라 직업이다."

저에게 읽는다는 것은 여러 의미가 있지만, 저는 직업으로서의 독서가이기도 합니다. 읽고 아는 책을 파는 것이 작가, 출판사, 독자에 대한 예의라고 믿거든요. 그래서 오늘도 휴무를 반납한 채 책 읽는 삶을 다했습니다.

부산에서 나고 자라기도 했지만,

부산을 떠나지 않고 계속 이곳에

머무는 이유 중 하나는 바다예요.

바다는 어떠한 상황에서도 소멸하지 않고,

비에도 젖지 않으니까요.

책을 읽는

행위는 바다와도 같아요.

읽으면 읽을수록

사유의 바다는

더 넓어지고, 더 깊어지니까요.

나
누
려
고
책
팝
니
다

서점에 방문한 독자분들 중 서점을 창업하고 싶어하는 분들이 종종 있습니다. 비가 내렸던 어느 날, 서점을 준비 중이던 두 분이 찾아왔습니다. 저는 아무리 바빠도 서점을 열고 싶다고 말하는 분들과는 최대한 이야기를 나누려고 합니다. 그날도 이런저런 이야기를 나누었고 그분들을 배웅하며 미리 준비해 둔 봉투를 하나 건넸습니다.

작은 메시지 카드와 함께 여비 10만 원을 넣은 봉투였어요. 두 사람은 서점을 열기 위해 서점 투어를 다니는 중이었지요. 저 또한 서점을 열기 위해 방방곡곡 서점 투어를 많이 다녔기에 그 마음을 잘 알거든요. 봉투를 전하며 그분들께 이렇게 말씀드렸습니다.

"나누려고 돈 법니다."

독자들에게 약속했습니다. 거저 받았으니 거저 주겠다고요.
받은 사랑을 잘 흘려보내겠다고요. 그 약속을 지켰을 뿐입니
다. 그들과는 처음 만난 사이였고, 앞으로 두 번 다시 만나지
않을 수도 있습니다. 하지만 그 점은 저에게 중요치 않습니다.
나눔에는 조건이 없기 때문입니다.

그날의 일을 까마득하게 잊고 지냈는데, 어느 날 서점으로 책
한 권이 도착했습니다. 감사의 마음을 편지와 매거진에 담아
주셨더라고요. 충청남도 계룡시에 '책방서룬'의 문을 열었다
는 반가운 소식이었습니다.

별거 아닌 작은 응원이 무엇인가 계획하고 실행하려는 이들에
게는 엄청난 힘이 된다는 사실을 오늘도 몸소 겪었습니다. 나
눔은 또 다른 나눔을 낳을 수 있다는 사실을요.

내
이
름
은
📖
📢

전화번호를 저장하지 않는 것으로 유명한 지인이 있습니다. 서점 업무를 할 때면 메일이나 모바일 메신저로 내용을 주고받지만, 특별히 중요한 업무는 꼭 통화를 합니다. 활자는 명확한 의사 전달에 한계가 있기 때문입니다. 특히 감사 인사를 전해야 할 상황이면, 무조건 통화를 합니다. 그 지인은 그렇게 서점 업무를 통해 만난 사이입니다.

그분은 독립 출판물을 펴낸 작가님이었습니다. 독립 출판물은 매달 정산을 합니다. 재고가 없으면 재입고 요청을 해야 합니다. 그렇게 몇 번의 재입고 요청으로 통화를 했습니다.

전화를 할 때마다 저는 "안녕하세요. 작가님. 잘 지내시죠?"라고 반갑게 말을 거는데, "누구세요?"라고 묻더군요. 처음에는 그럴 수 있다고 생각해, 신분을 밝히고 용건을 나누고 전화를 끊었는데 이게 웬일입니까. 두 번째 통화 때도 그러는 거예요. 그때도 그럴 수도 있겠다 싶었는데 세 번째도 그러더군요. 그래서 그때 웃으며 물었습니다. "혹시 제 전화번호 저장을 안 하신 건가요? 제가 뭘 잘못했나요?" 그러자 작가님이 대답했습니다. "제가요, 전화번호 저장을 안 합니다. 이 업계에서는 유명해요."

그 작가님과 저녁 식사를 함께할 일이 생겨 물었습니다.

"제 번호 아직도 저장 안 했습니까?"
"했습니다."
"봅시다."

📖📢

그분의 핸드폰 화면을 보니, 제 이름은 이모티콘 두 개로만 저장돼 있었습니다. 책과 확성기. 책을 말하고 책을 전하는 사람이라서 저렇게 저장해두었다고 합니다.

책을 '파는' 서점보다는 책을 '읽게 만드는' 서점이 되고 싶다는 소망. 끊임없이 책을 말하고 책을 전하겠다는 신념. 책을 전하고 말하는 데만큼은 유명인이 되기보다 유능인이 되고 싶다는 바람. 그것들이 한 사람에게 전해져 마음이 닿고 있다는 생각에 울컥했습니다.

당신은 어떠한 사람이 되고 싶습니까?
어떠한 서점을 만들고 싶습니까?

혹자의 질문에 저는 이렇게 답합니다.
그저 책을 좋아해서 책을 전하는 데 최선을 다한 사람. 그 몫을 다하는 서점이라고요.

산
복
도
로

산 중턱을 지나는 도로인 '산복도로'는 부산에 특히 많습니다.
부산의 산복도로는 개항기부터 이방인이 모여든 부산의 특성
을 반영하고 있습니다. 산지가 많고 평지가 좁은 게 특징이라
서 운전은 둘째치고 어딘가를 찾아가려고 하면 여간 힘든 게
아닙니다.

피자헛에 입사하고 첫 발령지가 산복도로의 정점이라고 말할
수 있는 곳인 수정동이었습니다. 목사가 되려고 했던 마지막
목회지가 좌천동 산복도로이기도 했습니다. 재미있는 점은 서
점이 처음 문을 열었던 위치 또한 중앙동 산복도로의 초입이
었다는 점입니다. 그래서 산복도로는 저에게는 아주 남다른

의미가 있습니다.

산복도로는 부산의 서구, 중구, 동구, 부산진구까지 이어집니다. 제가 근무했던 피자헛 부산진역점(동구 수정동)은 산복도로의 일부 구간을 제외하고는 모든 곳이 배달 구역이었습니다. 어디서 배달을 좀 해봤다는 이들도 이 동네에서는 명함조차 못 내밀 정도로 험지로 유명한 곳입니다.

오토바이가 들어갈 수 없는 곳이 태반이고, 걸어서 골목 곳곳에 다녀야 하고, 오래된 빌라와 맨션이 대다수라 엘리베이터는 찾을 수 없습니다. 그 모든 것을 차치하고, 그냥 주소를 보고 배달지를 찾는 것조차 어렵습니다. 저도 여러 피자헛 매장에서 배달을 해봤지만, 수정동에서의 배달 경험이 가장 힘든 기억으로 남아 있습니다.

그 덕에 제겐 산복도로가 눈에 훤합니다. 한번은 동생을 산복도로 꼭대기에 위치한 동구도서관까지 데려다주었는데, 제가 그곳을 내비게이션 없이 찾아가자 동생은 눈이 휘둥그레졌습니다. 동생은 동구도서관에 수업을 8주 동안 다녔는데 참 많이도 헤맸다고 하더라고요.

산복도로는 긴 시간을 품고 있습니다. 산복도로에서 50년 동안 운영되고 있는 이발소는 80~90세 어르신들이 주 고객층이고, 국수 한 그릇을 30원 받고 팔던 시절부터 지금까지 국수를 팔고 있는 할머니의 국숫집에는 여전히 찾아오는 이들이 있습니다. 21세에 시집을 와서 78세까지 산복도로에 살고 계신 할머니는 이 동네가 그때나 지금이나 변함이 없어서 좋다고 말합니다.

주책공사, 이발소, 국숫집, 주민들…. 산복도로는 각기 다른 방식과 각기 다른 시선으로 남아 있습니다. 다양한 시선은 다양한 경험이며 다양한 추억입니다. 그 경험과 추억이 지금을 살아가게 합니다.

사는데 도움이 됩니까?

저녁 8시가 훌쩍 넘은 시간이었습니다. 서점은 덮은 상태였고, 저는 아직 책을 읽고 있었어요. 사실 8시가 넘었는지도 몰랐습니다. 누군가 문을 열고 큰 목소리로 저를 부르며 들어왔습니다.

"전도사님!"

저는 여러 호칭으로 불리는데, 그날의 호칭은 전도사였습니다. 목회자의 길을 내려놓은 지도 10년이 넘었는데 아직도 저를 찾아주는 것에 얼마나 감사한지 모릅니다. 교회에서 함께 섬겼던 집사님이었는데, 지나가다가 서점에 불이 켜져 있길래

혹시나 하고 와봤다고요.

"늘 그렇게 책을 읽고 계시네요. 책 읽으면 사는 데 도움이 됩니까?"

그래서 제가 답했습니다.

"책은요, 답을 얻으려고 읽는 게 아니거든요. 대단한 걸 하려고 읽는 게 아니에요. 도움을 받으려고 읽는 것도 아니고요. 책은요, 그저 삶의 사고에 균열을 내는 겁니다.
삶은 만남의 경험으로 완성됩니다. 경험하는 것에 따라 사고하다보니, 갇혀 있는 사고방식을 가지기 쉽잖아요. 책은 결국 사람이 쓰고 사람이 만듭니다. 그래서 독서는 사람을 만나는 것과 같습니다. 다양한 사람들의 소리를 듣는 순간에 균열이 발생합니다. 그 균열의 틈으로 사유가 파고들며 한 사람이 깊어지더라고요.
스며드는 겁니다. 서서히요. 깊이 스며든 사고는 삶에 어떠한 순간이 와도 잘 대처하게 해줘요. 그건 분명합니다."

그대들은 어떤 이유로 책을 읽나요? 각자 다양한 이유가 있고, 저마다의 방식으로 그 이유가 스며들었을 겁니다. 천천히 스며든 이유 속에 책이 항상 머무르니, 우리의 삶은 분명 오늘보다 내일이 나을 겁니다.

편의점에 가면 즉석식품이 있습니다.

시간과 노력을 적게 들이고도

바로 먹을 수 있는 장점이 있지요.

그래서 '즉석' 식품입니다.

저는 삶에도

'즉석'이 가능하다고 믿어요.

찰나의 순간에 깨달음이

요동치는 순간이 있잖아요.

그 즉석을 만드는 것이 바로 책이거든요.

편의점에 가서 즉석식품을 사듯이

서점에 가서 책을 고르세요.

책만큼 빠르게 삶을 바꿔주는 게 없으니까요.

가장 큰 변화

책방을 열기 전 저는 목회자였습니다. 어린아이부터 장년에 이르기까지 수많은 설교를 하고 강의를 다니면서 깨달은 것은 참석자 연령대가 내려가면 내려갈수록 설교와 강의는 어렵다는 사실입니다. 다만, 이 어려움을 극복하면 어느 장소에서 어느 연령대를 마주하더라도 타인의 삶을 헤아릴 수 있게 됩니다.

아이는 어려운 말을 하지 않습니다. 자신의 감정 그대로 싫으면 싫다고 표현하고, 좋으면 좋다고 명확히 전달합니다. 아주 단순하죠. 그래서 아이에게 말을 전하는 입장도 단순해져야 합니다.

저 또한 단순함을 참 많이도 연습했지만, 쉽지 않더군요. 목회자 시절 5년 넘게 어린아이들에게 설교를 했습니다. 일부러 어린아이들 사역(기독교에서 믿음을 전파하는 활동을 일컫는 말)을 맡았던 이유는 아이의 마음을 헤아릴 줄 알아야 모든 이의 마음을 헤아릴 줄 알 거라는 확신이 있었기 때문입니다.

성경에 '어린아이와 같은 마음을 가진 자가 천국에 들어간다'라는 말씀이 있습니다. 그래서 그 마음을 헤아리고 아이들과 함께하다보면 참된 목회자가 될 것 같았습니다. 그때 감사하게도 단순함은 결국 솔직함이라는 사실을 깨달았습니다. 꾸밈 없이 지금 내가 살아가고 있는 삶과 생각하고 실천하는 솔직한 마음을 드러냈더니 아이들이 반응했습니다.

이제는 그때 그 삶의 토대로 어느 연령대를 마주하더라도 설교나 강의가 어렵지 않습니다. 한번은 중학생을 대상으로 책에 대한 강의를 한 적이 있습니다. 강의를 마무리하고 질문을 받았습니다. 질문이 많아 다행이었습니다. 책을 향한 솔직한 삶과 마음이 잘 전달되었다는 증거니까요. 그중 마지막 질문은 이러했어요.

"책을 읽으시면서 무엇이 가장 변화했나요?"
처음 들어본 질문이었어요. 그 질문에 저는 이렇게 대답했습니다.

"사람을 더 사랑하게 되었습니다."

책을 사랑하면 할수록 사람을 더 사랑하게 되었습니다. 책을 사랑할수록 가진 것을 내어드릴 수밖에 없었습니다. 사람이 책을 만들고, 사람이 책을 쓰고, 사람이 책을 팔고, 사람이 책을 읽으니까요. 그렇기에 저에게 책은 곧 사람이었습니다. 사람이 없다면 책은 존재하지 않습니다. 독자가 있는 한, 책은 존재할 수밖에 없습니다. 책은 사람이 존재한다는 증거죠. 그래서 저는 책을 읽을수록 사람을 더 사랑하게 됐습니다.

강의가 끝나고, 뒤늦게 DM 한 통을 받았습니다. 강의에 있었던 학생의 부모였습니다. 오랫동안 주책공사를 지켜보던 독자분이더군요. 그분은 제게 감사의 인사를 전했습니다. 아이가 강의를 들은 뒤 변화하기 시작했다면서요. 바로 마지막 질문을 던졌던 그 아이였습니다.

이렇게 살아도 되는지, 지금이 걸어가는 이 길이 맞는지, 나는 정작 쓸모 있는 사람인지. 묻고 또 묻고 있지는 않은가요? 우리는 누군가에게 작은 시작을 전해줄 수 있는 존재라는 사실을 잊지 말았으면 합니다.

나의 지금이, 누군가에게는 시작이 됩니다.

징
하
다
징
해

중앙동에 주책공사를 처음 열었을 때, 일요일은 정기휴무일이었습니다. 하지만 전 매주 서점에 나갔습니다. 비공식적인 펼침이지요. 홀로 서점을 조용히 펼쳤다가 조용히 덮고 갑니다. 그래서 일요일은 언제 펼칠지 모르고 언제 덮을지 몰랐습니다.

그날도 일요일이었습니다. 서점에 오는 길에 여동생과 통화했습니다. 운전하는 소리가 들리니 어디 가냐고 묻더군요. 서점에 간다고 대답했더니, 쉬는 날에는 제발 좀 집에 있으라고, 제발 좀 쉬라고 신신당부하더라고요. 동생이 마지막으로 뱉은 말이 있었는데 그 말에 이상하게 기분이 좋아졌습니다.

"진짜 징하다. 징해. 징그럽다."

동생이 말한 징그러움은 열정과 열심을 대변한 말입니다. 하지만 저의 휴무일 출근은 열정이나 열심과는 무관합니다. 저는 서점에 쉬러 왔거든요. 왠지 모르게 서점에 오면 마음이 편안합니다. 어려운 일이 있어 지치고 힘들 때 이상하게 이곳에만 오면 모든 감정이 평안으로 수렴합니다. 서점이라는 공간 그리고 책이 주는 힘이겠지요.

어디로 갈 수 있다면.
어딘가 머물 수 있다면.
어디에 있다면.

그럴 수만 있다면… 썩 괜찮은 삶입니다. 그곳에는 힘과 쉼이 있으니까요.
그대는 지금 어디로 가고, 어디에 머물며, 어디에 있습니까?

나
의
미
숙
이

나의 엄마 이름은 미숙이입니다. 언제부터인가 저는 엄마를
엄마라 부르지 않고 '미숙이'라 부릅니다. 통화도 "미숙아"
로 시작하죠. "미숙아, 머하노?" "미숙아, 밥 무엇나?" "미숙
아…." 타인이 보았을 때 이게 굉장히 건방지고 예의 없게 보
일 수도 있을 겁니다.

하지만 제가 엄마를 이름으로 부르는 이유는 나의 엄마가 누
구의 엄마, 누구의 아내, 누구의 딸이 아니라 온전히 자신의
이름 미숙이로 살고 불리기를 바라는 마음에서입니다. 물론
엄마라는 말도 쓰지만요.

여동생도 엄마를 미숙이라고 부릅니다. 조카 1호 예담이가 말을 하기 시작했을 때 할머니의 이름을 가르쳐줬습니다. 할머니의 이름을 숙지한 예담이는 어느 날부터 할머니를 할머니라고 부르지 않고 자연스레 '미숙이 할머니'라고 부르기 시작했죠. 우리가 미숙이라고 부르니 예담이도 그렇게 불렀던 것 같습니다. "우리 미숙이 할머니."

지금 내가 살아가고 있는 방법과 방향은 온전히 엄마 미숙이에게서 왔습니다. 미숙이는 늘 이웃을 사랑하고, 늘 내어주는 사랑을 실천했습니다. 그 모습을 보고 자란 저 또한 지금 그렇게 살아가고 있습니다. 나의 엄마 미숙이 덕이죠.

저를 소개할 때 '주책공사 이성갑'이라고 말하지만, 엄연히 말하면 '주책공사 미숙이'가 맞을 텝니다. 저를 이루는 모든 것이 미숙이로부터 왔기 때문이지요. 저는 주책공사를 제가 할 수 있는 모든 것을 동원해 지키고 온 힘 다해 이끌어가고 있습니다. 엄마 미숙이의 주책공사니까, 미숙이에게 사랑을 주고 싶으니까요.

미
련
해

보
일
지
라
도

신학을 전공하고 있던 저에게 스승님은 이렇게 말했습니다.
"교육전도사 때는 전임전도사처럼 목회하고, 전임전도사 때
는 부목사처럼 목회하고, 부목사 때는 담임목사처럼 목회해야
한다." 어떠한 자리에서든 그보다 더 높은 자리를 보고 최선을
다하는 태도로 삶을 살라는 뜻이었죠.

최선을 다해 살았습니다. 그렇게 살았더니 미련하다는 말을
무수히 들었습니다. 손해도 많이 보았고 사기도 당했습니다.
그렇다고 해서 스승의 가르침을 잊진 않았습니다.

얼마 전 모르는 번호로 전화 한 통을 받았습니다. 스승님이었

습니다. 부산에 왔는데 잠깐 시간이 나서 전화했다고 하시더군요. 곧장 스승님을 만나러 갔습니다. 15년 만이었습니다.

그동안 스승님께 먼저 연락을 드리지 못했습니다. 가르침에 순응하는 목회자가 되었을 때 연락드리고 싶었습니다. 목회를 그만두었기에 스승님의 얼굴을 볼 낯이 없었습니다. 그런데 스승님은 제가 목회를 그만두고 취업했던 것, 그리고 지금 서점을 운영하는 것까지 다 알고 계셨습니다.

15년 만에 만난 스승님께 비록 저는 목회를 그만두었지만 지금 하는 서점 사업을, 사업이 아니라 사역으로 여기며 임하고 있다고 말씀드렸어요. 가르쳐주신 것을 늘 기억하며 취업했을 때도 삶을 다했다는 말씀도 드렸습니다. 스승님은 연신 고맙다는 말을 내뱉으셨습니다.

제 첫 책 『오늘도 삶을 읽어나갑니다』가 출간되었을 때 예약 판매를 진행했습니다. 그런데 예약에서 이미 초판이 다 소진되는 상황이 발생했어요. 저도 출판사도 예상치 못했던 일이었죠. 나중에 알게 된 사실은 지인들이 책을 그렇게나 많이 사주었다는 것이었습니다.

그들은 저에게 "이렇게나마 그간 진 빚을 갚는다"라고 말했습니다. 저는 가르침대로 최선을 다해 이웃을 사랑하고, 거저 받았으니 거저 내어주었을 뿐인데, 더 큰 사랑을 받았습니다. 그 뒤로 더 열심히 저는 삶을 다하고 있습니다. 미련해 보일지라도요.

'든 자리는 몰라도 난 자리는 안다'라는 속담이 있습니다. 있을 땐 몰라도 없어지면 티가 난다는 말이죠. 아마 '티가 나는' 사람은 자신의 자리에 있을 때 요행을 바라지 않고 묵묵히 삶을 다한 이일 것입니다. 그들은 그리움과 존경을 받지요.

직급은 중요하지 않습니다. 그저 지금 우리가 있는 자리가 삶이 있는 곳입니다. 그 자리에서 최선을 다할 뿐입니다. 내가 가진 것을 다 내어주며 최선을 다할 수 있는 곳, 그곳이 바로 우리가 머물러야 할 자리입니다.

2

오늘도,

펼치다

서점에 출근해서 하는 일은 이렇습니다.

제일 먼저 자리에 앉아 기도를 합니다. 그다음에 온라인으로 신간을 살펴봐요. 리서치를 먼저 해두고, 퇴근 후나 쉬는 날에 대형서점에 가서 책을 직접 손으로 만져보고 깨끗하게 일부분 읽어봅니다. 제 마음에 닿으면 서점에 입고합니다. 제 몫까지 주문해 완독하지요.

제가 직접 읽은 책만 팔기로 작정했습니다. 그러니 참 바쁩니다. 서점 일은 읽는 일만 있는 게 아닙니다. 사실 다른 업무들 사이에서 오롯이 읽는 일이 가장 어렵습니다. 하지만 셰프가

요리를 하면서 간을 보지 않고 어떻게 음식을 내어놓을 수 있겠습니까? 점검하지 않고 고객에게 음식을 내준다면 그건 직무 유기입니다.

책을 파는 주책공사는 이와 다를 게 없습니다. 읽지 않으면 팔지 않습니다. 그것이 독자에 대한 최소한의 예의이자 작가와 출판사에 대한 최소한의 예의라 믿기 때문입니다.

어떠한 예의를 갖추고 살아갑니까? 인사를 잘하고, 옷을 단정히 입고, 공손하고 겸손한 태도를 갖는 것도 예의겠지만, 무엇보다 나의 위치에서 나는 과연 어떠한 대상에, 어떠한 예의를 갖추고 있는지 생각해야 합니다. 모든 일은 예의에서 시작되니까요. 그럴 대상이 없다면, 일은 존재할 수가 없습니다.

누구나 예의를 갖출 수 있습니다. 물론 그 결과가 성공을 보장하지는 않습니다. 하지만 성공한 사람들을 마주할 때면 그들은 늘 일의 대상에 예의를 갖추었음을 분명히 느꼈습니다. 예의를 지키는 노력에서 하루가 시작됩니다. 또 서점의 하루가 시작되었습니다.

서점을 운영한 지 5년을 넘어섰습니다. 5년이 되니 뚜렷한 결과가 나오기 시작했는데요, 그중 하나가 서점을 방문했던 독자와 또다시 마주한다는 것입니다. 스쳐 지나가는 인연이 있고 머무는 인연이 있는데, 머무르는 인연이 점점 많아집니다.

부산에 여행이나 출장을 왔거나 기타 여러 이유로 서점에 방문하는 분들이 있습니다. 스쳐 지나가는 인연이지요. 그런데 5년이 넘자 그 인연을 다시 마주하는 일이 많아졌습니다. 그들의 안부는 한결같았죠. "다시 왔어요. n년 전에 왔었습니다." "이곳에 좋은 기억이 있어 또다시 찾아왔습니다." "그때는 출장이었는데 이번에는 여행입니다." "이번에 친정에 왔어요."

등등….

그들의 다정한 안부에 저는 늘 이렇게 대답합니다.
"안 망하고 있겠습니다. 다시 마주합시다."

서로가 서로에게 안부를 묻고 전할 수 있는 건 주책공사를 찾아와주는 독자들이 있기 때문입니다. 또한 부산까지 찾아오지는 못하지만 멀리서 책을 주문해주는 독자들도 있습니다. 월급날이면 어김없이, 생일이라서 한결같이 책을 주문하는 분들입니다. 주책공사를 지켜야 한다면서요.

어떠한 마음으로 이곳을 찾아오고 지켜주는지 잘 알고 있습니다. 덕분에 주책공사는 오늘도 망하지 않고 문을 엽니다. 잊지 못할 그 마음들을 저도 잘 지켜내겠습니다.

연중무휴

광안리로 서점을 이사한 뒤로는 연중무휴로 운영하고 있지만, 이사를 오기 전 중앙동에 있을 땐 휴무일이 있었습니다. 휴무인데도, 서점에 거의 머무르는 편이었습니다. 온전히 집에서 쉬었던 적이 언제인지 기억이 나지 않을 정도였으니까요. 지난주에도, 지지난주에도, 지난달에도, 지지난달에도 휴무를 반납한 채 하루도 쉬지 않고 서점에 왔던 게 저였습니다. 그렇다고 그날 서점을 운영하는 것도 아닙니다.

왜 계속 서점에 왔느냐고요? 서점을 처음 오픈하고 얼마 뒤 사건이 하나 있었습니다.

그날을 또렷이 기억하고 있습니다. 제 삶을 바꾼 날이었으니까요. 그날은 서점 휴무일이었습니다. 그날도 여전히 책을 읽고 있었지요. 책이 좋아서 서점을 했기에, 책이 좋아서 출근했고, 책이 좋아서 책을 읽고 있었습니다. 어르신 한 분이 서점 문을 열고 들어오셨어요. 그때 서점 조명은 책만 읽을 수 있을 정도로 조금만 켜놓은 상태였습니다.

"오늘, 서점 쉬는 날입니다. 죄송합니다."
"책이 쉬는 게 어딨습니까? 책은 늘 움직이죠."

이때부터였습니다. 서점에 더욱더 몸을 바치는 계기가 된 순간이었죠. '책이 쉬는 게 어딨습니까.' 이 말이 미친 듯이 계속 떠올랐습니다. 삶이 녹록지 않을 때 되새겼고, 지금도 되새기는 말입니다. 책은 곧 생명입니다.

책은 쉬지 않는다. 내가 책이다. 삶이 곧 책이 되어야 한다. 잘 사는 것보다 잘 살아가고 살아내야 한다. 책이 그런 존재니까. 나로 인해 책에 폐를 끼치지 말자. 책은 살아 있으니, 죽이지 말자. 기타 등등.

그 뒤로 저는 늘 책과 동행했습니다. 주책공사는 책을 파는 것이 목적이 아니라 책을 읽게 하는 것이 목적인 서점이 되었습니다. 한 권의 책이라도 읽게 할 수 있다면, 할 수 있는 건 다하고 있고 다해볼 작정입니다.

그래서 지금 주책공사는 공식적으로 연중무휴입니다.

미술에서 명암은, 빛과 그림자로

사물에 깊이감을 주어

부피감을 느끼게 한다는 의미예요.

삶에서 명암은, 기쁜 일과 슬픈 일

행복과 불행을 통틀어

이르는 말로 쓰입니다.

책에서 명암은, 옳고 그름을

분별하게 만들어주는 의미예요.

그래서 저는 늘 말합니다.

책이 있어

그래도 우린 좋지 아니한가!

가끔 서점 방문 후기를 찾아봅니다. 독자 입장에선 서점에 대한 좋은 기억도 있을 것이고, 반대로 아쉬운 부분도 있을 터라 자주 찾아보지는 않지만, 서점의 부족한 부분을 채우기 위해 꾸준히 찾아보는 편입니다. 서점을 정비하는 시간인 셈이지요.

삶에 있어 정비는 꼭 필요합니다. 그 정비가 때론 쓰리고 아리기도 하지만, 반드시 해야 하는 이유가 있습니다. 그냥 두면 곪기 때문입니다. 곪아버리는 순간 삶은 도태될 수밖에 없고, 큰 상처로 남습니다. 지워지지 않아요. 이 상처가 개인의 영역에만 남으면 다행이겠지만, 시간이 지나면 결국 타인에게까지 미치기 때문에 우리는 삶을 정비하고 또 정비해야 합니다. 우리는 더불어 살아가는 공동체의 일원이니까요.

주책공사의 삶을 정비하던 중 한 독자가 네이버 블로그에 남긴 방문 후기를 읽었습니다.

'책 사고 갈 때 모두를 배웅해주신다. 개인적으론 책을 배웅하는 게 아닐까라는 생각이 들었다.'

제가 하는 배웅에 대해 써주셨더라고요. 서점을 운영하며 제가 왜 문 앞까지 나가 독자들을 배웅하는지 단 한 번도 이야기하지 않았는데, 제 의도를 정확히 알아봐준 후기였습니다.

서점을 처음 시작했던 때부터 배웅을 해왔습니다. 배웅은 타인에 대한 감사이자 타인에 대한 기도거든요. 한 가지 사실이더 있습니다. 책을 배웅하는 겁니다. 가서 너의 역할을 잘 감당해달라고 부탁하는 의식이에요. 여기 머물러줘서 고마웠고, 가서 독자의 삶이 되어 잘 살아가라는 의미이지요.

오늘도 저는 열심히 배웅했습니다. 독자를, 책을 말입니다. 이

배움을 계속하고 싶습니다. 그로 인해 오늘보다 내일이 책으
로 좀 더 나은 세상이 될 수 있기를.

서점이 이사 온 지 1년이 되었습니다. 꼬박 1년간 참 열심히 읽었습니다. 참 열심히 살았습니다. 제 인생에서 이렇게 모든 것을 다 던지고 살았던 적이 있었나 싶어요.

무엇이든 삶에 열심을 붙일 수 있다는 건 불쏘시개가 있다는 것입니다. 열심(熱心)의 한자 뜻은 더울 '열'에 마음 '심'이거든요. 마음을 태우는 게 열심입니다. 저는 그렇게 삶에서 책을 태웠고 태우고 있습니다.

서점 이사를 오고 가장 낯설었던 건 위치도 아니고, 간판도 아니고, 공간도 아니었고, 이웃 사람도 아니었습니다. 바로 서점의 냄새였습니다. 4년 동안 운영했던 서점은 책 냄새로 가득했습니다. 서점 문을 열고 들어올 때마다 하루 중 가장 큰 숨을 코로 들이마셨습니다. 그 냄새가 정말 황홀했거든요.

물론 그 공간이 처음부터 책 냄새로 가득했던 건 아닙니다. 책 냄새는 서서히 스며들었습니다. 4년 동안 공간에 스며든 책 냄새는 서점의 역사이자 추억이었습니다. 그 역사와 추억을 고스란히 들고 이사할 수는 없었습니다. 그러니 이곳의 냄새가 낯설고 어색했을 수밖에 없었지요.

한동안 이곳 광안리 주책공사는 페인트 냄새로 가득했습니다. 일부러 문을 열어놓고 퇴근한 적도 있고 좋다는 탈취제를 여러 개 써보았지만, 독한 냄새는 참 안 없어지더군요. 그런데 지금은 머무는 책들이 제 역할을 하면서 서서히 책 냄새가 서점에 스며들고 있습니다. 아침에 서점 문을 열고 들어올 때면 서점의 역사와 추억을 들이마실 수 있거든요. 오늘 아침 11시 정각에 문을 열고 들어온 독자의 첫 마디는 이러했습니다.

"와, 책 냄새 좋다!"

오늘은 엄마의 생일이기도 합니다. 엄마 품에 안기면 엄마 냄새가 납니다. 어제도 오늘도 그 냄새는 변하지 않습니다. 매일매일 엄마 품에 지금도 저는 안깁니다. 그 냄새가 참 좋거든요. 내일도 모레도 엄마 품에 안길 겁니다. 엄마는 징그럽다고 싫어하시지만요.

이 공간에서도 오래도록 변치 않는 냄새가 나길 바랍니다. 우리가 걸어가는 이 길이 그렇게 변하지 않았으면 합니다. 잠시 머물렀다 흩어지는 게 아닌, 스며드는 삶의 냄새가 났으면 합니다. 흩어지는 삶이 아닌 스며드는 삶. 그런 삶이 모이다보면 오늘보다 내일이 조금은 더 나은 세상이 되지 않을까요?

당신을 찾아갑니다, 주책가방

제가 목사가 되고 싶었던 이유는 누군가를 위해 살고 싶었기 때문입니다. 순전히 목사가 되는 것 자체가 꿈은 아니었습니다. 그저 누군가를 위해 살고 싶은 마음이 있었는데, 학창 시절 저에게는 목사가 가장 이상적인 모습이었습니다.

맞춤형 북 큐레이션 '주책가방'은 그토록 누군가를 위해 살고 싶어했던 학창 시절 그 아이의 마음으로 꾸려갑니다. 서점을 처음 시작할 때부터 주책가방을 운영했던 건 아닙니다. 서점 문을 열고 1년 동안 준비했습니다. 주책공사를 찾아오는 독자의 독서 성향과 트렌드를 파악하는 데 필요한 시간이었습니다. 그 1년은 정말 중요한 시간이었습니다. 그 뒤 주책가방 운영 1년을 맞이하여 재단장을 감행했고, 그 뒤 지금까지 4년 동안 지속적으로 운영하고 있습니다.

주책가방은 상반기와 하반기로 나누어 진행합니다. 모집 또한 1년에 두 번만 합니다. 중간에 추가 모집은 없습니다. 추가 모집을 하면 돈은 더 벌겠지만, 한 명 한 명 섬기는 마음이 버거워져 금이 갈까봐 1년에 딱 두 번만 모집하는 방식으로 진행하고 있습니다.

주책가방은 늘 100명에 가까운 구독자로만 운영됩니다. 단순히 책만 보내는 게 아니라, 모두에게 손수 엽서를 쓰고, 이름 책갈피를 만들고, 각기 다른 책을 포장하는 과정을 마친 후에 배송하는 구독 서비스라 정말 품이 많이 들기 때문입니다. 제가 서점 운영에서 가장 큰 에너지를 쏟는 것이 바로 주책가방입니다.

주책가방의 커다란 두 가지 원칙은 이렇습니다.
첫째, 주책가방의 모든 책은 공개하지 않습니다. 제가 한 달 동안 마주했던 책 중 분야별로 최고의 책을 선정하여 보내드립니다.

둘째, 주책가방은 1개월 이내 신간으로 이루어집니다. 1개월 이내 신간으로 구성하는 가장 큰 이유는 신간이 많이 팔려야 출판 생태계가 아름답게 흘러가기 때문입니다.

한 권의 책이 인생을 바꾼다고 믿습니다. 그 바뀐 인생에 주책가방의 책들이 조금이나마 영향력을 끼친다면, 더할 나위 없겠습니다.

남는 장사

'전통차 예절 지도사'라는 직업이 있습니다. 차의 역사와 문화에 대해 폭넓게 이해하고, 사람들에게 차를 즐기는 방법과 예절을 가르치는 직업이죠.

다도(茶道)란 찻잎 따기에서 달여 마시기까지 다사로서 몸과 마음을 수련하여 덕을 쌓는 행위입니다. 사실 차를 그냥 마셔도 맛은 똑같습니다. 하지만 다도는 예의를 갖추고, 의식을 행함으로써 인성을 쌓고, 겸손을 배우기에 우리의 삶에 있어 정말 중요합니다.

주책가방은 저에게 다도와 같습니다. 독자에게 예의를 갖추고, 책을 전하기 위해 매일 몸과 마음을 수련합니다.

주책가방은 1개월 이내에 출간된 신간으로 준비하기 때문에, 저는 매일 정말 많은 책을 읽습니다. 서점을 운영하고 있지만 서점에 갑니다. 국내에 출간되는 모든 책을 다 사서 볼 수는 없기 때문입니다. 가서 아주 깨끗하게 살펴보고 신중하게 책을 고릅니다.

그 다음 틈틈이 엽서를 쓰고, 100장 가까운 이름 책갈피를 만들고, 책 가마니(책 포장)를 만들지요. 택배 송장까지 입력하고 출력해 택배차에 실어 보내면 손이 얼얼합니다. 하지만 그 아픔보다 주책가방을 통해 독자가 얻을 기쁨이 더 클 줄을 알기에, 준비하는 내내 기쁩니다.

주책가방을 소홀히 보낸 적은 단 한 번도 없습니다. 한 달 동안 쓸 수 있는 모든 에너지를 쏟아내고 또 쏟아냅니다. 그동안 그래 왔고요, 앞으로도 그럴 것입니다. 책을 읽는 게 좋고, 이 읽는 기쁨을 나의 독자들에게 드리기 위해 할 수 있을 때까지 해보려고 합니다. 한 권의 책이 우리의 삶을 구원해준다고 믿으니까요. 읽음은 남는 장사이기 때문이니까요.

처음 주책가방 구독자는 10명 남짓이었습니다. 꾸준히 하다보니 재구독률이 높아졌고, 매번 100여 명의 독자와 함께하고 있습니다. 스쳐 가는 독자가 아니라, 머무르는 독자들이 더 많아진 것에 감사합니다.

영화가 끝나고 나면 올라가는 자막을 엔딩 크레딧(Ending Credit)이라고 합니다. 배우, 감독, 촬영 장소 등등 엔딩 크레딧은 사람들과 촬영의 흔적을 자막으로 기록합니다.

책에도 엔딩 크레딧이 있습니다. 책의 가장 앞장 또는 가장 뒷장에 기록합니다. 출판사, 저자, 편집자, 마케터, 디자이너 등등 사람들과 출판의 흔적을 활자로 기록합니다.

아이가 태어나면 날짜로 출생신고를 하고, 결혼하면 날짜로 혼인신고를 하듯이 책도 날짜로 출판 신고를 합니다. 초판 발행일이라고 합니다. 이 과정을 거치지 않으면 책을 판매할 수가 없습니다. 온라인 서점에 등록 자체가 안 되거든요. 무엇보다 책은 창작물이라 저작권 보호도 중요합니다. 출판 신고를 하지 않으면 저작권 보호도 받을 수가 없습니다. 그래서 책에서 초판 발행일은 굉장히 중요합니다.

초판 발행일은 책에서 상징적이기도 합니다. 2024년 한강 작가가 노벨 문학상을 받았습니다. 그의 대표작인 『소년이 온다』는 무려 186쇄까지 발행을 했습니다(2025년 1월 기준). 그것을 책에 기록합니다. 186쇄 발행의 흔적만 남기는 것이 아니라, 초판 발행일도 함께 기록합니다. 초판 발행일을 기록하고, 그 아래에 186쇄를 기록합니다. 왜 초판 발행일도 함께 기록하냐면 초판 발행일이 없었으면 이 책은 존재하지 않았기 때문이죠.

주책공사에는 '생일 책'이라는 것이 있습니다. 날짜 외에는 아무것도 쓰이지 않은 상자에 책 한 권이 들어 있습니다. 주책공사의 생일 책은 책의 초판 발행일의 기준으로 준비되어 있습니다. 1월 1일부터 12월 31일까지 모든 생일 책이 있습니다. 독자는 나와 같은 날에 태어난 책을 고를 수 있는 것이죠.

저는 생일 책을 구매하는 독자분들께 이 책은 꼭 생일날 열어 보라고 권합니다. 지금 열어보면 궁금해서 호기심에 열어보는 책이지만 생일날 열어보면 생일 책이 되니까요. 주책공사에 오시면 생일 책을 꼭 한번 만나보세요. 생일 책은 1시 방향 서가 아래에 있습니다.

세계 최고 독서가 '알베르토 망구엘'은

"독서란 눈의 움직임이라는

물리적 행위가 아니라

독자가 책에 감정과 영혼을

불어넣는 재창조의 행위다"

라고 말했습니다.

독서는 단순히 읽는 것이 아닙니다.

삶을 창조한다는 의미이지요.

꼭
이
책
이
어
야
만
합
니
다

많은 독자를 이곳에서 마주합니다. 서점을 조용히 둘러보고 나가는 독자가 있고, 서점 한편에서 조용히 머물다 가는 독자도 있습니다. 물론 책을 구매하는 독자도 있습니다. 저는 모든 독자를 티 나지 않게 지켜봅니다.

지켜보던 중에 말을 건네기도 하고요, 건네받은 말에 답하기도 합니다. 건네받은 말은 대다수가 책을 추천해줄 수 있냐는 다정한 말입니다. 제가 그토록 원하던 말이지요. 그 말에 저는 한결같이 "제일 잘하고, 제일 좋아하는 일이에요!"라고 화답합니다.

그 화답이 서점의 존재 이유입니다. 저는 읽지 않으면 팔지 않고, 책의 가르침대로 살지 않으면 팔지 않습니다. 서점의 존재는 책을 판매만 하는 것이 아니라, 직접 읽고 사유한 만큼 삶을 살아낸 책을 권하는 것입니다. 그것이 주책공사의 존재 이유이자 가장 큰 힘입니다.

그 존재감으로 독자와 많은 대화를 나누려 합니다. 어떤 분과는 서점에서 세 시간 넘게 이야기를 나눈 적도 있습니다. 주책공사에서는 흔한 일입니다. 한 시간은 기본이고요, 평균 30분은 서로의 인생을 나눕니다. 왜냐하면 무럭대고 제가 좋아하는 책을 추천할 수는 없기 때문입니다. 마음의 소리를 듣고 책을 권해야 온전히 책과 독자의 삶이 빛날 수 있습니다. 대화를 나누고 책을 권하지 않을 때도 있습니다. 대화만으로 충분할 때도 있거든요. 그럴 땐 대화가 책 같아요.

"꼭 이 책이어야만 한다"라는 각오로 책을 권합니다. 이 각오를 완성하기 위해 다양한 책을 읽습니다. 그 마음이 독자에게 닿았는지, 다채롭게 대화를 나누고 책을 권하면 눈물을 왈칵 쏟는 독자들을 많이 만났습니다.

눈물을 쏟아낸 뒤 서점을 나서는 독자분들의 표정은 늘 즐거움과 웃음으로 가득합니다. 그러한 모습을 마주할 때면 주책공사라는 공간이, 꽁꽁 얼어붙은 한 사람의 마음 깊은 곳에 따뜻한 군고구마 한 봉지를 넣어드린 것 같습니다.

인터넷 장애

한번은 인터넷 전산망 장애로 인해 서점에서 인터넷을 사용할 수 없었던 적이 있습니다. 인터넷을 사용하지 못하면 카드 결제도 되지 않아 포스기를 이용할 수가 없습니다. 그때가 오전 10시였습니다. 전날 밤 11시까지 제가 서점에 있었는데요. 밤 사이 문제가 발생한 게 분명했습니다. 퇴근 전까지는 멀쩡했으니까요.

부랴부랴 서비스 센터에 고장 신고를 하고 수리를 기다렸지만, 빠른 복구는 어려웠습니다. 오후 3시가 넘어서야 정상적으로 포스기를 사용할 수 있었어요.

인터넷을 사용하지 못하면 서점 문을 닫아야 할까요? 그럴 순 없죠. 방법을 찾아야겠죠. 우선 스마트폰으로 모바일 핫스팟을 켜서 와이파이를 공유해 간단한 노트북 사용과 음악 재생은 가능하도록 손썼습니다. 그리고 카드 결제가 아닌 다른 방법을 안내했습니다. 결제 수단은 많습니다.

무통장 입금을 받기 위해 계좌 번호를 커다랗게 적어 준비했고요. 카카오페이, 제로페이, 썸패스 등으로 결제할 수 있게끔 QR코드를 잘 보이게 비치했습니다. 카드 결제가 안 되어 다소 불편했지만, 인터넷이 복구되기까지 큰 무리 없이 서점을 운영할 수 있었습니다. 이런 상황을 대비해서 미리 다양한 결제 수단을 마련해놓았습니다.

인생에서 이가 없으면 잇몸으로 살아야 할 때가 분명히 있습니다. 저는 그날의 사건을 다양한 잇몸으로 극복했습니다. 우리는 하나의 길이 아니라 다양한 길로 살아가야 합니다. 삶에는 늘 변수가 있기 마련이니까요. 그래서 우린 책을 읽어야 합니다. 책은 어려움을 극복할 다양한 길을 보여주니까요! 주책공사는 그 길을 오늘도 닦습니다.

책들의 번식

서점을 찾아온 독자분이 제 앞에 책이 산더미처럼 쌓여 있는 걸 보고는 말했습니다.

"사장님은 마치 방패 뒤에 있는 것 같네요."

맞습니다. 세상에서 제일 강력한 방패가 책이지요. 저는 오늘도 이 방패를 독자들과 견고하게 쌓았습니다. 그러니 두려울 게 없습니다.

추신: 책들이 계속 번식하는 것 같은데… 이 녀석들은 과연 이끼일까요?

"오늘 왜 열었어요?"

주책공사가 일요일 휴무에서 연중무휴로 바뀐 또 하나의 사연이 있습니다. 쉬는 날 홀로 서점에서 머무르고 있는데, 우연히 주책공사에 들렀다 제가 있는 걸 본 독자분이 했던 말이었어요. 전혀 생각지도 못한 말이었는데 인상적이었습니다.

그 독자분은 부산에 며칠 일정이 있어 왔는데, 바빠서 일정 중에 서점에 들를 시간은 없었다고 했습니다. 집으로 돌아가기 전에야 잠깐 짬이 나서 휴무일인 주책공사 간판이라도 찍어가려고 왔는데… 이게 웬걸? 서점 문이 열려 있어서 정말 기뻤다고 합니다.

그분의 "오늘 왜 열었어요?"라는 질문은 실제 궁금함보다는 기쁨에 가까운 것이었죠.

우연한 기쁨을 드릴 수 있어 저 또한 참 기뻤어요. 다른 날에도 서점이 쉬는 날인지 모르고 방문했던 독자분들이 있었습니다. 그분들은 "운이 좋았다"라고 표현하셨어요. 뜻밖의 운을 드릴 수 있어 저 또한 행복했습니다.

우연이든 운이든, 그게 뭐가 중요하겠습니다. 책을 향한 마음이 중요하겠지요. 독자분들이 그 마음을 잃지 않았기에 우연과 운이 따랐을 겁니다. 서점에서 그것이 증명되었습니다.

새벽녘에 산을 오르면,

낮에는 마주할 수 없었던

안개를 간혹 마주합니다.

시야가 흐려집니다.

그런데 그 안개가

순식간에 사라집니다.

바로 해가 뜰 때입니다.

해가 뜨는 순간

안개가 사라지듯이,

책을 읽으면

삶의 안개가 사라집니다.

밤새 함께, 주책야독

주책공사의 여러 모임 중 '주책야독'이 있습니다. 저녁 8시부터 다음 날 새벽 5시까지 장장 아홉 시간 동안 한 공간에서, 한 권의 책을 읽고 대화를 나누는 모임입니다. 절대 쉽지 않은 모임이죠.

아홉 시간 동안 책만 읽는 것은 아닙니다. 쉬는 시간도 가지고요, 밤 12시에는 야식 타임도 있습니다. 야식 타임에는 다 함께 편의점에 쇼핑하러 가는데, 이게 또 낭만이 있죠. 새벽 3시부터 5시까지는 읽은 책을 토대로 독서 모임을 진행합니다.

새벽 2시부터는 참여자들이 질문지를 작성합니다. 책을 읽고 함께 나누었으면 하는 질문을 각자가 하나씩 만듭니다. 하나만 만들면 되니 부담이 크지 않아요. 부담된다면 질문은 만들지 않아도 무관합니다. (강요하지 않아요!)

저는 미리 책을 읽고 질문지를 만들어놓습니다. 당일에 참여자들이 만든 질문을 덧붙여서 최종 독서 모임 질문지를 완성합니다. 독서 모임에서 가장 중요한 점은 '함께 나누는 질문'에 달려 있다고 생각합니다. 그래서 제가 질문지를 모임 전에 미리 작성해두는 것이죠. 행여나 참여자분들이 부담감에 질문을 만들지 못하더라도 충분한 대화를 나눌 수 있을 만큼요.

참여자들이 던진 질문 중에는 사전에 질문지를 만들며 제가 전혀 예상치 못한 질문도 있습니다. 허를 찔린다고 해야 할까요. 그 질문들이 정말 좋아서 감탄을 쏟아냅니다. 그래서 우리는 타인의 이야기와 질문에 귀를 기울여야 하나봅니다. 독서 모임의 정점은 각자의 질문에서 나옵니다.

모든 답은 질문으로부터 시작됩니다. 삶도 그렇지 않을까요? 좋은 질문 끝에는 좋은 삶이 오게 마련입니다. 그래서 늘 묻고 또 물어야 합니다. 자신이 잘 살고 있는지 말이죠. 안주해서는 안 됩니다. 살아가는 자세는 묻는 것에서 시작됩니다.

질문하기. 그것은 앎이 되고, 마침내 삶이 됩니다.

주책야독을 한 번 진행하고 나면 그 뒤로 일주일은 긴장감이
계속됩니다. 행사를 이끌어가야 하는 주최자로서 모임이 진행
되는 아홉 시간 동안 긴장의 끈을 놓을 수가 없습니다. 독서에
방해되지 않는 선에서 말벗이 되어드리고, 질문에 답하고, 격
려도 나누어야 하기 때문입니다. 주책야독을 진행하며 느낀
긴장감과 집중감이 그 어느 때보다 커서 그걸 해소하는 데 상
당한 시간이 걸립니다.

처음으로 주책야독에 참여하는 분들은 하나같이 이렇게 묻습
니다. "과연 밤을 새우면서 책을 읽고 독서 모임을 할 수 있을
까요?" 저는 늘 이렇게 답합니다. "혼자는 불가능한데요, 함께

하기 때문에 가능해요." 실제로도 그렇고요.

물음표로 시작했던 주책야독은 느낌표로 끝이 납니다. 단 한 명의 낙오자도 없이 모두 책을 읽고 이야기를 나눕니다. 새벽 5시가 넘어 서점 문을 나설 때, 참여자들은 하나같이 염려가 환희로 바뀌는 순간을 경험합니다. "이게 진짜 되네!"라는 말을 연신 내뱉으며 자신이 해냈다는 기쁨에 사로잡히죠.

제가 잘 진행해서 그런 걸까요? 아닙니다. 좋은 프로그램을 만들어서 가능한 걸까요? 아닙니다. 책을 사모하는 마음이 있었고, 그 마음이 한 사람에서 그친 게 아니라 함께하는 이웃의 마음으로 모여서 가능했던 일입니다.

이웃과 더불어 살아가는 것. 그것이 참여와 연대입니다. 말에서 그치지 않고 함께 행동하는 것. 이것이 소통과 공감입니다. 저는 평소 이웃에 관심을 갖고 서로 교류해왔습니다. 그러나 이웃과 함께하는 활동을 적극적으로 찾아보고 참여하는 노력은 미흡했던 것 같습니다.

주책야독을 통해, 더불어 살아가는 이웃들의 행동을 보았습니다. 그것은 물음표를 느낌표로 만들었고, 불가능을 가능으로 만들었습니다. 이곳 주책공사는 최소한의 이웃들이 모여서 만드는 모두의 주책공사입니다. 이는 곧 기적이고 사랑입니다. 참여이고 연대입니다. 소통이고 공감입니다. Happy Together! 함께하면 행복합니다.

어떤 공간, 어떤 흔적

여행을 떠나는 궁극적인 목적은 일상에서 벗어난 쉼입니다. 낯선 숙소에서 잠을 청하고, 평소에 쉽사리 접하지 못하는 음식을 먹어보고, 여행지에서만 만날 수 있는 공간을 찾아가 누려보는 것.

여행은 결국 공간을 찾아 떠나는 것일 텁니다. 숙소도, 음식점도, 카페도 공간을 찾는 행위이기 때문입니다. 공간이 주는 힘은 저마다의 목적에 따라 휴식을 제공하곤 합니다. 삶에 각자의 방식이 있고 방향이 있듯이, 저마다의 공간은 특징이 있고 쓰임새가 있습니다. 어떠한 목적으로 쓰이는가에 따라 이름이 붙죠.

공간의 사전적 의미는 '아무것도 없는 빈 곳'입니다. 한자는 빌 공(空)에 사이 간(間) 자를 사용하죠. 결국 공간의 빈 사이를 채웠을 때 공간은 비로소 공간이 된다는 의미일 것입니다. 그 채움은 그대들의 몫입니다. 가만히 두라고 있는 것이 아니라, 채우라고 있는 것이 공간입니다. 물건을 채우라는 말이 아니라, 마음을 채워야 하죠.

만약 당신의 인생이 하나의 공간으로 남겨진다면 당신은 어떠한 공간으로 타인에게 기억되고 싶나요? 어떤 공간으로 쓰이고 싶고, 그곳이 어떠한 이름으로 불리길 원하나요?

시간이 지나 세월이 흘러도 공간에는 흔적이 남기 마련입니다. 공간의 다른 이름은 흔적이지요. 주책공사라는 공간에는 독자들이 어떠한 흔적을 남겼는지, 그들에게 어떻게 기억될지 스스로 자주 묻습니다. 그들에게도 묻고 싶습니다. 주책공사가 잘 살고 있는지 말입니다. 그리고 그대들의 공간은 안녕한지 말입니다.

이곳은 덕분에 안녕합니다. 그곳도 그러하길 기도합니다.

3

펼치고, 닫으며

삶에서 중요한 것은 한 글자로 되어 있습니다.

몸, 피, 뇌, 뼈, 코, 입, 눈, 이, 귀, 손, 발, 간, 장, 혀, 침, 폐, 젖,
목, 털, 배, 위, 골, 볼, 턱, 등, 땀, 때, 숨, 키, 해, 달, 땅, 물, 불,
꽃, 산, 들, 강, 풀, 숲, 별, 비, 길, 흙, 샘, 못, 밤, 낮, 살, 넋, 밥,
잠, 옷, 집, 일, 땀, 돈, 꿈, 복, 말, 글, 앎, 길, 임, 벗, 술, 약, 힘,
밥, 나, 너, 몫, 숨, 삶 등등

그리고 책.

이 한 글자들은 삶에 있어 중요한 위치에 있기도 하며, 역할을

하기도 합니다. 사람마다 각자 삶의 몫이 있듯이 한 글자들도 각자 생의 몫이 있습니다. 한 글자의 생의 몫이 모이고 모여 만들어지는 것이 '글'이고, 그 글이 다시 모여 만들어지는 것이 바로 '책'입니다.

그래서 '책'은 한 글자들의 종합백과사전입니다. 책은 모든 것을 다 들어가게 할 수 있는 유일한 멋진 도구임이 틀림없습니다. 그러한 이유로 저는 그토록 책을 끼고 사는지도 모르겠습니다. 그 책에는 삶이 들어 있으니까요.

책을 왜 읽느냐고 묻는다면 책에는 다 들어 있으니까 읽는다고 말합니다. 책에는 다 넣을 수 있어서 읽는다고 말합니다. 책에는 다 놓을 수 있어서 읽는다고 말합니다. 그것이 가능한 이유는 책에는 사람이 있고 삶이 있기 때문입니다. 삶이 없으면 모든 한 글자는 완성될 수 없으니까요.

책은 삶을 말하고, 그 삶은 책을 말합니다.

묘비명: 삶이 곧 책이었다.

월급은 나오나?

"요즘 좀 어떻노?"라는 인사말에는 다양한 의미가 담겨 있습니다. 특히, 경기가 어렵다는 뉴스가 나오면서 더욱더 강한 인사말이 되었습니다. 다들 어려운 시국이라고 말합니다. 요즘 어떻냐는 말에 저는 "월급 나오나?"라고 되묻습니다. ("월급 나오면 그게 최곤기라!"라고 덧붙이고요.)

직장을 다닐 때와 서점을 운영할 때의 가장 큰 차이점은 월급입니다. 월급은 정해진 날에 나오니 거기에 맞춰 돈을 쓸 수 있습니다. 그런데 자영업은 예측이 안 됩니다. 월급이라는 개념이 없습니다. 그러니 불안감이 계속되지요.

하루에 수십 권의 책을 팔 때도 있지만 하루에 몇 권의 책을 팔 때가 있습니다. 예상할 수 없어 불안할 수밖에 없는 삶입니다. 그런데 이게 또 운영됩니다. 어떻게든 돌아갑니다. 그리고 채워집니다. 살아지는 거죠. 불안의 연속이지만 이 일을 계속 하고 있습니다. 왜냐고요? 좋으니까요.

사랑도 이와 같지요. 예측이 안 돼서 불안하고 위태롭지만 그걸 계속 갈망하는 것. 사랑 앞에서는 호언장담이 없습니다. 정답도 없습니다. 그러니 수많은 학자가 지금도 사랑에 대해 논하는 겁니다. 정의할 수 없는 사랑에는 말로 형용할 수 없는 위대함이 있기 때문이죠. 그래서 우리는 사랑을 하지 않을까요? 정답이 없으니까요. 정답 없는 정답을 찾기 위한 아이러니 속에서요.

인간은 사랑에 중독되었습니다. 왜 그토록 사랑에서 헤어날 수가 없는 걸까요? 인간은 왜 사랑 앞에 무너지는 걸까요? 두 번 다시 사랑 안 한다고 선언해놓고 왜 또 하는 걸까요? 내가 그 인간을 다시 만나면 개가 되겠다고 해놓고 스스로 개가 되어버리는 걸까요?

사랑 안 한다 해놓고 또 사랑한다고 합니다. 총 맞은 것처럼 아프다고 해놓고 또 사랑한다고 합니다. 예상되었다가 예상이 되지 않는 것. 그것을 무한히 반복하기. 불안전함을 알면서도 혹시나 하는 안전함을 얻기 위해 애쓰는 것. 도대체 우리는 왜 그럴까요? 저도 사실 모르겠습니다. 저는 왜 월급조차 예측할 수 없는 불안정과 불안전을 끌어안고 계속 책방 문을 여는 걸까요? 이 말만은 분명히 할 수 있을 것 같습니다.

그저 사랑이니까.
그게 사랑이니까.

병
원
v
s
약
국

아프면 병원에 먼저 가야 할까요, 약국에 먼저 가야 할까요?
국립국어원 표준국어대사전은 병원을 '병자를 진찰, 치료하는
데에 필요한 설비를 갖추어놓은 곳', 약국은 '약사가 약을 조제
하거나 파는 곳'이라고 정의합니다. 병원이 원인을 찾고 해결
하는 곳이라면, 약국은 그 해결을 위한 수단이 되는 곳입니다.

동생에게도 "아프면 병원에 가야 하나, 약국에 가야 하나?" 하
고 물었더니, "아파서 곧장 약국에 가서 약을 지어 먹으면 결
국 병원에 가게 되더라"라고 답하더군요. 약국에만 가면 정확
한 원인을 알 수 없기 때문이라고요.

병원과 약국을 나누어 삶에 비추어보았을 때, 저는 늘 약국에 먼저 가고 있었습니다. "시간 없다" "별일 없겠지" "그냥 감기약 먹으면 낫겠지"라는 식으로 문제를 대수롭지 않게 여겼습니다. 가랑비에 옷 젖는 걸 무시했던 거죠. 물론 병원에 갈 수 없는 급한 상황에서는 약국이 필요하겠지만요.

지난 주말 우연히 서점을 방문한 독자들의 대화를 듣게 되었습니다. '트위터가 좋다, 짧게 글을 읽을 수 있어서 좋다, 긴 글은 이제 못 읽겠다'는 이야기였습니다. 시대는 급변하고, 15초짜리 릴스와 쇼츠의 시대가 도래했습니다. 15초 인생은 되지 않아야 할 텐데 걱정이 됩니다.

우리 사회는 결과 중심 사회가 되었지요. 짧게 결과를 말해야 하는 시대입니다. 과정은 자극적이어야 하고요. 아니, 어쩌면 과정은 필요 없는 것 같습니다. 내용이 그저 자극적이면 되고, 결과만 있으면 되는 세상입니다. 생각하지 않는 사회가 되어가는 중이지요. 사유하고 사고하고 사색하는 사회는 우리와 점점 멀어지고 있습니다.

'결과보다는 과정이 중요하다'라는 말은 원인이 중요하다는 이야기입니다. 인과관계에서도 원인이 있어야 결과가 나오죠. 그런데 원인을 알아내려면 시간 내어 병원에 가야 하고 돈도 더 써야 하니, 바쁘고 빠른 시대를 사는 사람들은 병원에 가야 하는 상황에도 약국만 전전합니다. 병원이 있어야 약국이 있는데 말입니다.

눈앞에 보이는 아픔을 고치기에 앞서 내가 왜 아프고 힘들었는지 알아가는 시간이 필요합니다. 아픔에는 반드시 원인이 있습니다. 어쩌면 한 권의 책이 삶의 병원이 되어줄지도 모르겠습니다.

안중근 의사가 사형 선고를 받고 감옥에 있던 중 남긴 유묵이 있습니다. 그때 남긴 유묵이 총 54편인데 그중 하나가 '일일부 독서 구중생형극(一日不讀書 口中生荊棘)', '하루라도 글을 읽지 않으면 입안에 가시가 돋는다'입니다. 독자분들도 이 말을 많이 들어보았을 겁니다. 이 유묵은 우리나라 보물 569-2호로 지정되어 있기도 합니다.

안중근 의사는 사형 집행 직전까지도 책을 놓지 않았습니다. 집행인이 사형을 집행하기 위해 그를 재촉하자, "조금만 더 시간을 주시오. 아직 책을 다 읽지 못하였소."라고 말했을 정도였습니다. 이처럼 안중근 의사는 우리의 위대한 영웅임은 물론, 죽음을 앞두고서도 책 읽기를 멈추지 않았던 참된 독서가였습니다.

안중근 의사는 어렸을 적부터 책을 굉장히 많이 읽었다고 합니다. 긴 시간 사유한 책이 그의 사상이 되었고, 이 땅의 독립을 위한 초석이 되었습니다. 책을 읽는다는 것은 한 사람을 옳고 바른 길로 걷게 함이 분명합니다. 독서란 좋은 열매를 맺기 위한 좋은 씨앗이 되어주고 좋은 양분도 되어줄 것입니다.

무엇이 되기 위해 책을 읽는 것은 아닙니다. 책을 읽다보면 무엇이 되어 있습니다.

치아가 고르지 못하면

치아 교정을 하고,

시력이 나빠지면

시력 교정을 합니다.

글을 쓰고 나면,

교정 교열을 하고요.

완벽한 삶은

없습니다.

삶에는 시행착오가 있기 마련입니다.

하지만 우리에겐 책이 있어 다행입니다.

책이 우리 삶을 교정해주니까요.

만년필

삶에는 틈과 구멍이 필요합니다.

만년필은 잉크를 충전해서 씁니다. 상식적으로 그 잉크는 언제든지 흘러내릴 수 있습니다. 그걸 방지하기 위해 잉크 튜브가 있습니다. 글씨를 쓸 때는 열리고 그렇지 않을 때는 닫히는 역할을 하죠.

만년필을 자세히 보면, 펜촉은 둘로 나뉘어 갈라져 있고 구멍이 있습니다. 갈라진 틈은 중력과 모세관 현상에 따라 잉크를 흘러나오게 합니다. 글씨의 굵기와도 연관이 있어요. 세게 힘을 주어 쓰면 글씨가 굵어지고, 약하게 힘을 주면 글씨가 얇아

져요. 만년필에 틈은 없어서는 안 될 기능을 하죠.

펜촉에 난 구멍은 일정한 잉크를 흘러나오게 하는 역할을 합니다. 구멍 사이로 공기가 들어가서 잉크가 빠져나온 공간에 채워지면, 잉크 튜브 내부 기압이 유지되면서 흘러나오는 잉크의 양이 일정해집니다. 만년필에 구멍은 없어서는 안 될 기능을 하죠.

저는 아주 가끔 만년필을 씁니다. 자주는 아니고, 서명해야 하는 일이나 특별한 글을 쓸 때 사용합니다. 자주 사용하지 않다 보니 잉크가 잘 안 나올 때가 있어요. 그럴 때 대처 방안이 하나 있습니다. 만년필을 애정하는 이에게 배웠지 뭐예요.

그것은 바로 물입니다. 많은 물은 필요 없습니다. 소주 한 잔 정도의 물이면 충분해요. 펜촉을 물에 잠시 담갔다가 빼면 이래저래 해봐도 나오지 않았던 만년필이 원상 복구됩니다. 잔에 담긴 물에 잉크가 퍼져 나가는 모습이 그렇게 아름다울 수가 없어요. 그걸 보고 싶어서 일부러 오랫동안 물에 담글 때도 있습니다.

삶은 만년필과도 같아서 틈도 필요하고, 구멍도 필요합니다. 그 틈과 구멍이 있기에 만년필이 작동하고 세상에 흔적을 남길 수 있으니까요. 틈과 구멍은 막힐 수도 있지만, 그 틈과 구멍 때문에 다시 회복할 수 있습니다.

우리의 회복을 돕는 물은 가족일 수도, 친구일 수도, 책일 수도, 술일 수도, 커피일 수도, 여행일 수도, 영화일 수도, 운동일 수도… 그 무엇일 수도 있을 겁니다. 이왕이면 책이면 더 좋겠지만요.

1. "나는 개인주의자야."
2. "나는 이기주의자야."

위 두 항목 중 반드시 하나만 선택해서 타인에게 당신을 소개
해야만 한다면 어떤 문항을 고르고 싶나요? 저는 1번입니다.
2번이 되고 싶지는 않거든요. 개인주의와 이기주의의 차이는
딱 하나, '타인을 향한 존중이 있는가 없는가'입니다. 인간은
존경이 아니라 존중의 대상입니다.

존중하기 위해서는 타인을 나와 같은 선상에 두고 대해야 합
니다. 같은 높이에 머물지 못하면 이기주의자가 되기 십상입

니다. 그들은 옳고 그름을 따지기 좋아합니다. 내 생각과 가치가 타인과 달라서 그 옳고 그름을 계속 말하니 타인의 행동에 대해 이러쿵저러쿵 판단하게 되지 않던가요? 미움은 그렇게 시작됩니다.

삶은 각자의 몫입니다. 내가 타인을 판단할 권리는 없습니다. 타인을 비난할 권한도 없습니다. 저마다의 인생에는 각자가 그렇게 행동할 만한 이유가 있습니다. 내 인생이 소중하면 남의 인생도 소중합니다.

저 역시 자꾸 타인을 판단하고 비난하는 스스로의 모습을 봅니다. 늘 인지하고 다짐하는데도 나약하게 무너집니다. 그래서 혼도 많이 나고 욕도 많이 듣습니다. 그것에 좌절하지 않고 끊임없이 반성하고 노력하는데도 잘 안 됩니다. 아마 평생을 반성하며 살지 않을까 싶습니다. 사랑은 이렇게 시작됩니다.

공동체란 생활이나 행동 또는 목적 따위를 같이하는 집단입니다. 이 사회는 개인과 개인이 모여서 이루어집니다. 개인과 개인이 만나야 '함께할' 수 있죠. 우리가 함께 이룬 이 사회에서 미움보다는 사랑을 나누는 집단이 되면 어떨까요?

여러 악기가 음을 켜고 서로의 음을 듣고 각자의 위치에서 선율을 침범하지 않은 채 연주하는 오케스트라처럼, 우리의 악기가 만나 사랑의 선율을 연주하기를 바랍니다.

옷을 팔아 책을 사라

1. '옷을 팔아 책을 사라!' 유대인의 격언입니다. 유대인은 그 어느 민족보다 가장 많은 고난과 핍박을 받았던 민족입니다 (히틀러가 600만 명의 유대인을 학살하였죠). 유대인들은 이전에도 이후에도 수많은 고난 속에서 무너지지 않았습니다. 다시 일어섰습니다. 분명 이유는 있습니다.

2. 14세기의 계몽가 임마누엘은 "그대의 돈을 책을 사는 데에 써라. 그 대가로 거기서 황금과 지성을 얻을 것이다. 만일에 잉크가 책과 옷에 동시에 묻었거든, 먼저 책에 묻은 잉크부터 닦아내고 난 다음에 옷에 묻은 잉크를 처리하라. 만일 책과 돈을 동시에 땅에 떨어뜨렸거든 먼저 책부터 집어 올리라."라고

했습니다.

3. 요즘은 책을 팔아 옷을 사는 시대입니다.

4. 책이 주는 힘을 믿습니다. 그 믿음을 가지고 책을 읽고 쓰고 팔고 있고요. 그 믿음이 헛되지 않음을 3년 동안 매일매일 경험하고 있습니다. 혼자가 아닌 그대와 함께라서 감사함이 늘 넘칩니다.

5. 그냥 책 좀 사주세요.

고장 난 무선 이어폰

무선 이어폰을 하나 샀습니다. 그런데 사용한 지 얼마 되지 않아 고장이 났어요. 충전이 잘 안 되었습니다. 어찌어찌 충전이 되어 사용해보면 곧장 방전이 되더라고요. 바로 고쳤어야 했는데 불편한 대로 그냥 썼습니다. "뽑기를 잘 못했네!" 구시렁거리면서요.

그러다 마침내 충전조차 되지 않는 상황에 이르렀어요. 저는 애초에 알고 있었습니다. 서비스 센터에 가면 바로 해결될 것을요. 서비스 센터가 그리 멀지도 않았습니다. 서점 출근길에 있거든요! 이런저런 핑계를 대면서 미루는 인간이 바로 저였습니다.

2021년 여름에 어느 대학 청년들의 과제를 도와준 적이 있습니다. 서점 생태계를 연구하는 과제였는데요. 일정을 다 소화하고 청년들과 식사를 함께했습니다. 고생도 했고 기특해서 제가 대접하는 자리였어요. 의도하지 않았는데 청년들의 연애 이야기가 오고 갔습니다.

저는 그냥 계속 듣기만 했어요. 말하지 않아도 아주 재밌었거든요. 한참을 듣다가 자리가 끝날 무렵 마지막에 딱 한 마디를 청년들에게 전했습니다. 그 말에 모두가 고개를 끄덕거렸습니다. 제가 무슨 이야기를 했을까요?

무선 이어폰은 몇 달 동안 불편하게 쓰다가 서비스 센터에 간 지 10분 만에 리퍼를 받고 해결되었습니다. 저는 답을 이미 알고 있었습니다. 그곳에 가서 고치면 된다는 것을요. 단지 "되겠지" 하면서 미룬 거죠.

저는 그날 청년들에게 말했습니다. 모든 답은 내가 이미 알고 있다는 사실을요. 어쩌면 미루는 건 미련이 남아서일지도 모르겠습니다. 혹시나 하는 희망 같은 것. 그런데 생각보다 답을

아주 쉽게 찾을 수도 있습니다. 우리가 안고 있는 그 문제는
사실 10분도 채 걸리지 않아 해결될 수도 있지 않을까요?

답은 내 안에 있습니다.
나는 그 답을 이미 알고 있습니다.

코끼리의 몸무게는 수컷은 6톤,

암컷은 3톤에 달합니다.

이 거대한 몸집을 코끼리는

어떻게 지탱하는 걸까요?

비밀은 발바닥에 있습니다.

코끼리 발바닥은 거대한 젤리 같은

지방 섬유 조직이라 말랑말랑합니다.

그 말랑함으로

거대한 몸집을 지켜내는 겁니다.

책을 읽는 것은

거대한 삶을 지탱하기 위한

말랑함이지 않을까 생각합니다.

코끼리의 발바닥처럼요.

새
신
발

아무리 애써도 일이 풀리지 않을 때가 있어요. 그럴 땐 신발을 한 켤레 삽니다. 원래 신던 신발이 구멍이 날 때까지 미친 듯이 한번 달려보자는 의미에서 신발을 구입합니다. 그런 의미로 새 신발을 샀던 게 석 달 전입니다. 석 달 동안 목표를 이루지 못했기 때문에, 새 신발은 아직 신지 못했습니다. 그래서 더 미친 듯이 달렸어요.

방금 이달 치 모든 정산을 마무리했습니다. 독자분들 덕분에 내일 새 신발을 신을 수 있게 되었습니다. 다 여러분 덕입니다.

삶이 녹록지 않을 때, 일이 계획한 대로 되지 않을 때, 가지고 싶을 것을 미리 사보세요. 뭐든 좋습니다. 그리고 눈에 가장 잘 보이는 곳에 두세요. 5년 동안 서점을 운영하면서 써먹은 방법인데 이만한 특효약이 없습니다. 시간이 걸리더라도 그 약을 먹게 되거든요.

사
고
난
차

홀가분한 마음으로 출근했던 어느 아침. 낯선 번호로 전화가
오더군요. 주차되어 있던 제 차를 긁었다는 상대 차주의 연락
이었습니다. 그런데 가서 보니 그냥 가볍게 긁힌 정도가 아니
더라고요. 그렇지만 화낼 일도 아니었습니다. 다친 곳은 없는
지 상대 차주의 안부를 먼저 물었습니다. 보험 접수를 하고 원
만하게 해결했습니다.

해결하는 데 한 시간이 걸렸고 그사이 저는 사고 건으로만 열
통의 전화를 주고받았습니다. 차는 아직 수리 전이고요. 완전
히 해결하려면 며칠의 시간이 더 걸릴 것이고, 몇 통의 전화를
또 주고받아야 할 것입니다.

사고가 나지 않았다면 제일 좋았겠지만, 사고가 나는 것을 완전히 막을 순 없습니다. 삶도 그렇죠. 살다보면 자꾸 사고가 납니다. 상처받고, 아프기도 합니다. 접촉 사고가 난 차를 수리해야 하듯이 인생의 상처와 아픔도 수리가 필요합니다.

움직이는 데 문제가 없다면 사고 난 차를 그냥 타고 다녀도 될 겁니다. 그런데 사고 난 지점은 점점 녹이 슬 것이고, 부식이 될 겁니다. 그래서 반드시 고쳐야 합니다. 나중을 위해서요. 삶의 상처를 안고 살 수는 있지만, 그건 제대로 된 방법은 아닙니다. 결국 썩습니다.

책이 우리를 고쳐줄 수 있습니다. 책은 우리를 구원합니다. 삶이 아플 때, 책이라는 약을 먹고 삶을 다했으면 합니다. 독서는 하나의 병원이자 하나의 약국입니다. 잊지 마세요. 생각보다 삶을 치유하는 병원과 약국이 가까이 있다는 사실을요. 손만 뻗으면 닿을, 지금 곁에 있는 책이면 충분하다는 걸요.

면
도
날
을
바
꾸
다

저는 전기면도기를 쓰지 않고 주기적으로 면도날을 교체하는 면도기를 사용합니다. 교체 주기는 한 달 정도 되고요. 면도날을 바꿀 때가 되면 날이 무뎌집니다. 날이 무뎌지면 얼굴을 쉽게 베일 수가 있고 피부가 상하기도 합니다. 그래서 날이 무뎌지면 그 어느 때보다 면도를 신경 써서 해야 합니다. 사실 어떠한 상황이든 면도는 늘 조심해야 하지만요.

오늘 아침 면도날을 바꾸면서 '초심'이라는 단어가 생각났습니다. 시간이 지날수록 면도날이 무뎌져 피부를 상하게 하고 다치게 하듯, 삶이라는 날도 무뎌지곤 합니다. '처음에 먹은 마음'도 그렇게 사그라들죠. 무뎌진 삶은 나쁜만 아니라 타인을 다치게 할 수도 있기에 더더욱 조심해야 합니다.

삶도 면도날처럼 교체할 주기가 되어 갈아 끼울 수 있다면 얼마나 좋겠습니까? 하지만 삶은 통째로 바꿀 수 없고, 그 날을 숫돌에 갈아야 해요. 그래서 늘 힘들고 어렵습니다. 우리는 각기 다른 숫돌을 각자의 방법대로 지니며 사용합니다.

책은 숫돌이 될 수 있습니다. 우리 삶의 날을 책이라는 숫돌로 갈았으면 합니다. 그리고 이 세상 최고의 숫돌이 주책공사가 되기를 늘 소망합니다. 그대들이 주책공사의 숫돌이 되어주기를 바랍니다. 서로가 서로의 숫돌이 되어 삶이 무뎌지지 않도록 말이지요.

무엇을 쓸 것인가

글쓰기가 어려운 것은 조금이라도 한눈을 팔면 의식의 흐름이 무너지기 때문입니다. 글을 쓰기 위해서는 잘 살아야 합니다. 글쓰기는 삶과 직결되기 때문입니다.

삶을 '살아낸' 글과 삶을 '지어낸' 글이 있습니다. 분간하기는 어렵습니다. 하지만 분명한 사실은 삶을 살아낸 글은 본인뿐만 아니라 독자가 글을 쓰게 만들고, 독자들에게 공감을 불러일으킨다는 점입니다.

삶은 어쩔 수 없이 만남이고 관계입니다. 거기서 한눈을 팔면 우리는 섭섭함을 주기도 하고 섭섭함을 받기도 합니다. 모든 만남과 관계에 집중해야 하고 노력해야 합니다. 글쓰기도 삶도 어렵기만 합니다. 어떻게든 준비해야 하고, 집중해서 한눈을 팔지 말아야 하죠.

이렇게 쓰고 있는 저조차도 몹시 한눈을 팝니다. 문제가 있죠. 그런데 중요한 건 한 눈은 팔아도 두 눈은 팔지 말아야 한다는 거 아닐까요? 한눈팔면 섭섭하지만, 두 눈부터는 상처를 주거든요.

글쓰기는 '무엇을 쓸 것인가?'를 고민해야 합니다. 절대 '어떻게 쓸 것인가?'를 먼저 논해서는 안 됩니다. 그런데 우리는 '어떻게 쓸 것인가?'부터 가르치고 배우려고 합니다. 한참 잘못되었지요.

'무엇을 쓸 것인가?'의 '무엇'은 바로 삶의 경험을 의미합니다. 그래서 앞서 잘 살아야 한다고 말했던 것입니다. 잘 살기란 어려운 일이지요. 다양한 경험을 해봐야 하니까요. '무엇을 쓸 것인가?'에 집중해서 사유해봅시다. 세상 모든 것이 글이 될 수 있습니다.

옻칠 기법으로 그린 회화는,

공간이 머금은 수분의 양에 따라

색이 변합니다.

처음에는 검정에 가깝게 어둡던 옻색이

온도와 습도에 따라 환하게 변해갑니다.

마치 꽃이 피어나는 것처럼요.

책 읽기와 옻칠 기법은 닮았습니다.

둘 다 삶을 환하게 바꾸는 과정입니다.

처음에는 그 힘이 미미할 수 있지만,

시간이 지날수록

환해지니까요.

일요일 아침. '모처럼 하루 쉴까' 하는 마음과 '그래도 서점에
는 나가봐야 하지 않을까' 하는 마음이 싸우고 있습니다. "아
니, 오늘은 좀 쉴게!"라고 육성이 튀어나오며 이불 속에서 꿈
틀거렸습니다. 그런데 제 몸은 서점에 가는 게 자연스럽다고
알고 있었던 것일까요? 어느 순간 나도 모르게 씻고 집을 나
서고 있더군요. 무의식이 의식을 지배했던 순간입니다.

그런데 이게 웬일입니까. 시동이 걸리지 않더군요. 자동차보
험 출동 서비스에 전화를 걸어 조치를 받을 수 있었습니다. 문
제는 예상한 대로 자동차 배터리 방전이었어요.
출동 기사님은 아주 작은 배터리를 자동차에 연결하여 시동을

걸어주었습니다. 자동차는 그 작은 배터리 하나로 되살아난 것이지요. 연결 후 딱 1초면 충분했습니다. 단, 그렇게 시동을 건 자동차는 적어도 30분은 시동을 계속 켜두어야 합니다. 방전되었던 배터리를 충전할 시간이 필요하거든요.

어쩌면 책은 자그마한 배터리의 역할을 하지 않을까요? 그래서 저도 모르게 씻고 책이 있는 공간에 오려고 했는지 모르겠습니다. 충전하러 말이죠. 자동차에 30분이라는 충전 시간이 필요했듯, 저를 충전하는 시간은 바로 지금 책을 읽고 글을 쓰는 이 순간입니다.

주책공사를 통해 책으로 독자들의 삶을 연결하고 싶습니다. 단 1초의 연결. 그럴 수만 있다면 무엇이든 전부 해보겠습니다. 독자에게 삶의 시작이 되는 서점. 결과가 아닌 연결의 시작. 1초가 되고 싶습니다.

제
목
의
세
계

오랜만에 재미로, 지금 읽고 있는 책 제목으로 글쓰기.

그 사람이 있는 한 #내일의세계는 늘 날 설레게 했다. #요리가
전부는아니지만 그 사람은 늘 요리에 진심이었다. #나의친애
하는여행자들과 함께 떠난 캠핑에서 그 사람은 3박 4일 끼니
마다 요리를 할 정도였으니 말이다. 식탁 위에 올려진 그의 요
리 하나하나는 내게 말을 걸고 있었다. #식탁위의고백들이었
다. 그렇다고 그가 요리사는 아니다. #환자를찾아가는사람들
속에 속한 사람이다. 늘 찾아가고 나누고 베푸는 걸 마땅히 여
기는 사람이었다. 또한 그는 #듣는사람이었다.

#초록이좋아서 떠나온 여행이었다. #무리하지않는선에서 다녀와야 했다. 주어진 시간 동안 #우리는사랑의얼굴을가졌고.

"속도를 줄이면, 사람이 보입니다."

2021년 4월, 전국적으로 '안전속도 5030'이 시행되면서 흔히 볼 수 있는 문구입니다. 국토교통부와 한국교통안전공단이 시행 첫날부터 100일간 안전속도 5030을 적용한 지역을 따로 보았더니, 전체 사망자가 12.6퍼센트, 그리고 보행 사망자가 16.7퍼센트 감소해서 5030이 적용되지 않은 지역보다 약 2.7배에서 4.5배 정도 효과가 있었고 중상자는 약 28.6퍼센트 감소한 것으로 확인되었다고 합니다.

아침에 출근할 때마다 서점 근처 신호등에 LED로 쓰인 "속도를 줄이면, 사람이 보입니다" 문구를 봅니다. 교통사고 예방뿐만 아니라 우리의 삶에도 중요한 역할을 하는 글귀라 생각해요. 저 문구를 보면서 하루를 다짐하거든요. 속도를 줄이고 잘 살아보자고. '잘사는' 것과 '잘 사는' 것은 띄어쓰기 한 칸 차이지만 그 의미가 너무나도 다릅니다. 전자는 물질적으로 부유하게 사는 것이며, 후자는 자신에게 주어진 삶을 잘 살아내는 것이죠.

대선이 코앞입니다. 다들 하나같이 정의를 말합니다. 정의란 무엇일까요? 저는 앞과 뒤가 같은 것을 정의라고 여깁니다. 말과 행동이 같은 게 정의이고, 읽음이 삶이 되는 것이 정의라 생각합니다. 생각과 여김과 말함과 읽음이 온전히 일치하는 삶이 될 때 비로소 잘 살 수 있습니다. 저도 잘 살고 싶습니다.

저에게 주어진 사명과 소명은 내 것을 내어주는 삶이다보니 늘 통장 잔고는 허덕입니다. 그치만 먹고 싶은 건 못 먹어도 굶지는 않습니다. 입고 싶은 옷을 못 입어도 벗고 다닐 정도는 아닙니다. 그거면 족합니다. 물론 내가 가진 것을 내어주기란 저에게도 늘 어려운 일입니다. 그렇다면 내 것을 내어주기 이

전에 적어도 남의 것은 지켜주어야 할 것입니다. 주지 못해도 뺏지는 말아야 합니다.

타인의 것을 지켜주기는 어렵습니다. 용기가 필요한 일이죠. 그 용기는 대단한 것에서 나오지 않습니다. 그 용기는 앞으로 나아가는 우리의 삶 속에서 조금만 속도를 줄이면 저절로 샘 솟습니다. 내 것을 내어주지 못하고 남의 것을 빼앗는 행태는, 미친 듯이 앞으로 나아가야만 하는 이 시대에서 발생한 문제이기 때문입니다. 속도를 줄이면, 사람이 보입니다.

마음먹기

자연스레 핸드폰을 열고, 자연스레 유튜브를 보고, 자연스레 SNS를 합니다. 그러다보면 책은 자연스레 멀어집니다. 책을 읽기 위해서는 결심이 필요합니다. 책을 자연스레 보기란 쉽지 않지요. 문턱이 높은 거죠. 저 또한 결심해야 책을 펼칠 수 있습니다.

책의 힘은 마음먹기에서 나옵니다. 책을 읽는 행위는 결심에서 비롯되기 때문에, 독서가 삶의 질을 바꿀 수 있다는 말이지요. 결심하는 것에는 의지와 노력, 인내가 필요합니다. 그러니 책을 읽는다는 것은 엄청난 일이지요.

결심은 곧 선택입니다. 선택이 쌓이면 삶은 견고해집니다. 삶은 선택의 연속이기에 자꾸 선택하다보면 경험을 바탕으로 좀 더 나은 선택을 할 수 있습니다. 오늘도 저만의 선택 끝에, 휴무일인 오늘 서점에 잠시 나왔습니다.

사지 않고 읽지 않는 시대이지만 여전히 누군가는 사는 선택을 하고 읽는 선택을 합니다. 책을 선택하는 의지 있는 이들이 있기에 주책공사는 지금 여기 있습니다.

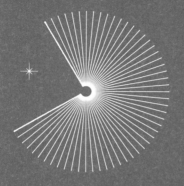

4

어찌다, 마주친

목욕 바구니를 든 할머니

매주 일요일 점심 무렵이면, 목욕 바구니를 들고 서점을 방문하는 할머니가 있습니다. 처음 서점이 광안리에 이사 왔을 때 찾아오셨는데, 1년 동안 꾸준히 매주 일요일 점심쯤 되면 목욕을 가셨다가 서점에 오십니다. 서점 단골이 되셨어요. 서점 근처에 거주하시는 분 중에 서점에 제일 많이 온 분이 나의 목욕 어르신입니다. 어르신을 처음 마주했을 때가 기억납니다.

"어르신, 목간 다녀오시는 길입니까? 가시는 길입니까?"
"목욕하고 왔으예~"

한참을 둘러보고는 책 한 권을 사서 나가시는 할머니의 모습에 주책공사가 동네 책방으로 한 걸음 한 걸음 나아가고 있다는 생각이 들어 감사했습니다. 그때 저도 모르게 눈시울이 붉어졌습니다.

어르신과 저는 책친구가 되었습니다. 매주 서점에 오시면 책을 사 가실 때도 있지만, 제가 소장하고 있는 책을 빌려 가실 때도 많습니다. 기꺼이 감사한 마음으로 어르신께 책을 내어 드립니다. 그저 가지고 있는 한 권의 책을 내어드렸을 뿐인데, 어르신은 매번 커피를 한 잔 사 들고 오십니다. 서점이 존재해 줘서 고맙다면서요.

하루에도 몇 번씩 나 자신에게 묻습니다.
'동네 책방으로 잘하고 있나?
지역 주민들을 위해 잘하고 있나?'

그 질문에 쉽사리 대답하지 못합니다. 그런데 오늘만큼은 말할 수 있을 것 같습니다.

"네, 잘하고 있습니다!"라고요.

주책공사의 서가를 멋지게 제작해준 '실북퍼니처'의 최대표님
이 모처럼 서점에 들렀습니다. 대표님은 저에게 서점을 운영
하면서 가장 많이 받은 질문이 무엇이냐고 물었습니다.

바로 답이 떠오르지는 않았습니다. 대표님이 떠난 뒤로 한참
을 고민했는데, 가장 많이 받았던 질문은 바로 "서점 하면 힘
들지 않나요?"였습니다. 그런 질문을 받았을 때 저는 이렇게
답합니다.

"누군가는 해야 할 일이라면 기꺼이 내가 하겠다! 나에게 서점
은 사업이 아니라 사역이다."

재밌게 봤던 드라마 〈수사반장〉에서 주인공이 이런 말을 하더라고요.

"변하는 건 없지. 뭐, 그래도 이런 세상에 나 같은 놈 하나 있어서 나쁠 건 없지 않냐? 둘이면 더 좋고."

주책공사는 2020년 02월 02일에 개업했습니다. 수많은 날 중에 20200202를 선택했던 이유는 1등보다는 2등인 삶, 가진 하나를 둘로 나누는 삶, 혼자보다는 둘이 함께하는 삶, 세 가지의 철학으로 시작했기 때문이었죠. 세 가지 철학을 매일 주문처럼 되뇌고 또 되뇝니다. 주책공사의 초심을 잃지 않기 위해서요.

책을 말하고, 책을 전하고, 책을 파는 일이 세상을 바꿀 수 없을 테지요. 하지만 누군가는 해야 하는 일입니다. 죽을 때까지 저는 책을 팔고 읽고 쓸 겁니다. 그대와 나, 둘이 함께면 더 좋고요!

때는 바야흐로 2023년 10월 6일, 완연한 가을이었습니다. 서점 문을 열고 한 분이 들어왔는데, 평소와 다르게 낯이 익은 분이었습니다. 처음 본 것 같은데 아닌 느낌 있잖아요. 분명히 어디서 뵈었는데, 뵈었는데, 어디서 뵈었더라⋯ 아무리 더듬어봐도 기억나질 않았습니다.

그분은 한참 동안 서점을 누비며 책을 몇 권 골라 계산대 앞에 섰습니다. 제가 참 사랑하는 작가의 책 두 권을 포함해 총 네 권의 책을 들고 오셨더라고요. 저는 서점에서 제가 정말 아끼는 책을 계산할 때 저도 모르게 쓰다듬는 버릇이 있습니다. 참 사랑하는 작가의 책 두 권을 쓰다듬으며 건네드렸습니다.

그분이 잠시 앉아 있다가 가도 되냐고 묻기에, 기꺼이 자리를 내어드렸습니다. 시간이 얼마나 흘렀을까요? 그분은 다시 저에게 뚜벅뚜벅 걸어오더니 책 두 권을 저에게 선물이라며 내밀었습니다. 제가 참 사랑하는 작가의 책 두 권이었지요.

"안녕하세요. 안희연입니다."

잊을 수가 없는 순간이었어요. 본인의 책을 아무런 언급 없이 직접 사서, 사인을 해서 건네는 작가라니요. 정말 멋있었습니다. 주책공사에 꼭 오고 싶었는데, 근처에 강의가 있어 들렀다고 하시더라고요.

그 당시에 저는 정말 힘든 시간을 건너가고 있었습니다. 서점 이전 문제로 말도 못 할 마음고생을 겪고 있었어요. 계획대로 되는 게 하나도 없었거든요. 주책공사가 진짜 길바닥에 나앉게 생긴 상황이라 마음에 여유가 참 없었던 시기였습니다.

감사하게도 이날 안희연 작가님의 아름다운 결 덕분에 큰 힘을 얻을 수 있었어요. 차근차근 처음부터 준비해서 서점은 이사를 잘 마쳤습니다.

우리가 시인 안희연의 글을 읽지 않을 이유가 없지 않나요? 그 삶의 결이 글에도 고스란히 묻어나기 때문입니다. 저는 삶이 곧 글이 되어야 한다고 늘 말합니다. 또한 글이 곧 삶이 되어야 한다고 늘 외칩니다. 이 모든 것이 맞아떨어지는 안희연을 어찌 그냥 둘 수 있겠습니까?

이래서 서점을 하고, 이래서 사람을 좋아합니다.
서점과 사람은 같습니다. 이 둘을 길이라 부릅니다.

쓰임 받을 수 있는 기쁨

어느 날, 네 청년이 서점 문을 열고 들어섰습니다. 서점에 들어오자마자 눈물을 흘렸던 청년, 책을 추천해달라는 말에 함께 이야기 나누던 중 눈물을 보인 청년, 그 모습을 보고 함께 울던 청년, 제가 마지막으로 그들에게 당부한 말을 듣곤 눈물짓던 청년.

결국 우린 이 공간에서 서로를 격려하며 한참을 울었습니다. 네 청년은 오래된 친구 사이라더군요. 마음이 서로 닿는 친구는 닮는다고 했던가요? 어쩜 그리도 하나같이 멋지던지요. 그들을 배웅하고, 한참 동안 서점 안을 서성이며 내가 더 잘 살아내야겠다고 다짐했습니다. 누군가 제게 이 공간이 어떠한 공간이 되길 바라느냐 묻는다면 그 청년들의 이야기를 꺼낼 것 같습니다.

며칠 전에는 금곡중학교 학생들을 만나고 왔습니다. 저는 외부 강연을 꺼리는 편입니다. 서점을 비우고 움직일 수가 없기 때문입니다. 내향적인 성격 탓도 있습니다. 그래서 서점에 요원을 배치하고 올해 처음이자 마지막이라 생각하며 강연을 다녀왔지요. 막상 아이들의 빛나는 눈동자와 책을 읽어내겠다는 다짐을 목도하고 얼마나 감사했는지 모릅니다.

주변에서 외향인으로 착각하곤 하지만 저는 지극히 내향인입니다. 외부 강연을 갈 때면 거울을 보며 끝도 없이 연습합니다. 사람들에게 책을 전하기 위해 성격마저 싹 뜯어고치는 인간이지요. 오래 이 일을 하고 싶고, 오래 노력하고 싶으니까요. 이 공간과 책들이 누군가의 삶을 위로하고, 격려하며, 변화시키기 때문입니다.

쓰임 받을 수 있음에 감사합니다. 제 것을 나눌 수 있어 고개를 숙입니다.

연어가 머무르는 강가의 나무는

다른 곳에 있는 나무보다

무려 3배나 빨리 자랍니다.

연어는 강을 거슬러 올라와 알을 낳고 죽는데,

이때 연어 사체에 있는 다양한 영양분이

나무에 영양분이 되어주거든요.

책은 그런 연어와

많이 닮았습니다.

삶에 영양분이 되어주니까요.

한번은 서울에서 강연이 있어 서점을 여동생에게 맡겼습니다. 그날따라 이상하게 기차에 몸을 싣고는 많은 전화를 받았어요. 그중 기억에 남는 통화가 하나 있었습니다.

동생의 전화였는데요. 서점에 어떤 독자분이 왔는데 그분이 제게 책 추천을 받고 싶어한다는 말이었습니다. 별다른 방법이 없어서 전화를 바꿔달라고 했습니다. 독자분과 이야기를 나눈 뒤 큐레이션을 해드렸고, 여동생에게 그 책이 진열된 위치를 가르쳐주고 끊었습니다.

그때가 오후 3시 30분쯤이었습니다. 제가 서점에서 오후 1시

40분쯤에 출발했는데요. 두 시간 만에 책 한 권을 팔았습니다. 통화한 뒤로 서점 문을 닫는 저녁 8시까지 한 권의 책도 더 팔지 못했습니다. 6~7시간 동안 책이 한 권 팔린 것이었죠.

매출로 보면 심각한 상황이었지만, 동생도 저도 전혀 개의치 않았습니다. 왜냐하면 그날 책이 간절하게 필요한 한 사람에게 책을 전했기 때문입니다. 그날 책을 추천해달라고 오셨던 분은 굉장히 화가 많이 나 있던 상황이었다고 해요. 직장에서 동료와 다툼이 있었는데요. 에라 모르겠다 하고 직장에서 뛰쳐나와 집에 가려던 찰나 서점에 들렀던 거였다고요. 그 뒤 제가 전화로 그 상황을 듣고, 주고받은 이야기를 토대로 책을 골라드렸던 거죠. 그분이 계산하고 서점을 나서며 여동생에게 했던 말은 이러했다고 합니다.

"너무 화가 나서 집에 가려고 했는데, 이렇게 이야기도 나누고 책을 추천받아 사고 나니까 마음이 괜찮아졌네요. 다시 직장으로 돌아갈 수 있을 것 같아요."

이날 만약 제가 서울 강연 때문에 서점을 닫았다면 그분은 과연 어떻게 되었을까요? 그래서 제가 어떠한 상황이라도 서점 문을 열어두려고 노력하는 겁니다. 한 권의 책이 한 사람의 인생을 바꿀 수 있다고 믿거든요. 그게 책의 힘입니다.

1. 아침에 집을 나설 때 엄마 미숙이를 꼭 안아드립니다. 그리고 사랑한다는 말을 꼭 합니다. 집에 들어가서는 오늘 하루 잘 지냈냐고, 나 안 보고 싶었냐고 물으며 또 안아드립니다. 오래된 습관입니다. 엄마를 향한 제 마음입니다.

2. 조카 1호 예담이가 생각나 오랜만에 전화했습니다. 서점 하기 전 예담이는 유치원을 다녔는데, 벌써 초등학교 5학년이 되었습니다. 저녁 식사 전이라기에 밥 맛있게 먹으라며 전화를 끊으려는데, 예담이는 "삼촌~ 책 많이 팔아!"라며 안부를 전합니다. 삼촌을 향한 조카의 마음입니다.

3. 배송 문제나 모임 및 프로그램으로 인해 독자 또는 출판사 관계자분과 연락해야 할 때가 있습니다. 문자 메시지를 보낼 때도 있고, 메일을 쓸 때도 있고, 전화할 때도 있는데요. 많은 분이 마지막 인사를 항상 건강 잘 챙기라고 말합니다. 주책공사를 향한 독자들의 마음입니다.

4. 엄마 미숙이랑은 하루에 통화를 몇 번 합니다. 그때마다 엄마는 "항상 밥 먹었냐" 하고 묻습니다. "손님은 있냐" 하고 묻습니다. 밥을 안 먹어도 먹었다고 하고, 손님이 없어도 있다고 대답합니다. 그걸 알아도 엄마는 매번 묻습니다. 아들을 향한 엄마의 마음입니다.

5. 오래된 벗들은 자주 만나지는 못해도 통화할 때 항상 별일 없냐고 합니다. 별일 없냐는 그 말이 늘 뭉클합니다. 별일 없냐는 안부가 '누가 뭐래도 나는 네 편'이라는 말임을 알기 때문입니다. 친구를 향한 친구의 마음입니다.

6. 책을 파는 서점보다는 책을 읽게 하는 서점을 운영하고 싶습니다. 사막의 오아시스 같은 서점, 조건 없이 내어주는 서점

이 되고 싶어요. 서점 운영의 우선순위와 초점을 독자에게 맞춘다는 의미입니다. 독자를 향한 주책공사의 마음입니다.

7. '마음'이란 사람이 다른 사람이나 사물에 대하여 감정이나 의지, 생각 따위를 느끼거나 일으키는 작용이나 태도를 뜻합니다. 마음은 히브리어로 '레브(לֵב)', 헬라어로는 '카르디아(καρδια)', 영어로는 '하트(heart)'인데, 모두 '중심'이라는 뜻을 가지고 있습니다. 마음은 곧 삶의 중심입니다.

딱,
책
한
권
값
이
모
자
랐
다

'지난달에 목표했던 매출이 가능할까?'

2023년 10월이었어요. 월말에 매출 합계표를 보고 의문이 들었습니다. 그 목표란, 지금껏 서점을 운영하면서 한 번도 찍어보지 못한 매출을 달성해야 가능한 일이었거든요. 그런데 어쩐지 될 것 같은 기분이 들었습니다. 안 될 건 또 뭔가 싶기도 했죠.

마지막 날 결국 목표 매출을 달성했는데, 그 과정이 아주 기가 막혔습니다.

그날 오후에 방문한 한 작가님께 제가 책을 한 권 선물했습니다. 작가님이 계산하려는데 제가 거절하고 "그냥 가지고 가셔요. 선물이에요." 하고 드렸죠. 작가분이 떠나고 마감하며 매출을 정산해보니 목표했던 금액에서 만 몇천 원쯤 모자라더군요. 만약 작가님께 그 책을 팔았더라면 목표 매출보다 500원이 넘어서는 플러스 정산이었을 금액이었습니다. 이미 서점 영업시간은 끝났고, '아⋯ 아까 그 책값을 받았어야 했나' 하고 살며시 후회하기 시작했습니다.

말일이라 위탁판매를 하는 독립출판 작가님들께 정산을 해드리느라 정신없는 마감 시간이었습니다. 그런데 갑자기 누가 "계산 좀 해주세요." 하고 말을 거는 게 아니겠어요? 정말 깜짝 놀랐어요. 정산하는 데 집중하느라 서점에 독자분이 들어온 줄도 몰랐거든요. 그렇게 10월의 마지막 책 한 권을 판매했습니다. 값이 오후에 작가님께 선물해드렸던 딱 그 책값이었습니다.

'독자들 덕분에' 목표했던 10월 매출을 달성하였습니다. '독자들 덕분에' 읽고 쓰고 파는 이 일을 다음 달에도 계속할 수 있게 되었으니 얼마나 기쁜가요. '독자들 덕분에' 날마다 귀한 깨달음을 얻습니다.

흘려보내면 더 큰 감동으로 돌아옵니다. 어쩌면 삶이 뜻대로 되지 않는 듯 보여도, 결국 그 뜻은 자연스레 이루어지는 게 아닐까요? 부족했던 정산 금액은 다음 날, 아니 그다음 날이라도 채워졌을 겁니다. 주책공사의 삶은 늘 그렇게 흘러갔으니까요. 먼저 내어주면, 결국 채워집니다.

우
리
들
의

교
집
합

집합 A와 B가 있을 때 A와 B에 공통으로 속하는 집합을 '교집
합'이라 부릅니다. 동질감이라는 단어는 '성질이 서로 비슷해
서 익숙하거나 잘 맞는 느낌'이란 뜻을 가졌습니다. 나와 그는
교집합이 많습니다. 그래서 그에게 동질감을 느낍니다.

내 나이 서른여덟, 서점을 시작했습니다. 그의 나이 서른여덟,
출판을 시작했습니다.
나는 신학을 전공했습니다. 그도 신학을 전공했습니다. 같은
지역의 학교는 아니었지만, 우린 같은 교리를 가르치는 교단
의 신학교를 나왔습니다.
나는 이 땅의 낮고 낮은 이를 위해 선교사를 꿈꿨습니다. 그도

선교사를 꿈꿨습니다.

나는 목회자였습니다. 그도 목회자였습니다.

나는 한 권의 책을 낸 작가이기도 합니다. 그도 한 권의 책을 낸 작가가 되었습니다.

나는 좋아하는 책을 팔고 있습니다. 그는 좋아하는 책을 만들고 있습니다.

그는 '꿈꾸는 인생' 출판사의 홍지애 대표님입니다. 이렇게 비슷한 삶을 사는 사람을 만날 수 있는 확률이 얼마나 될지는 모르겠습니다. 귀한 관계임은 분명합니다. 우리는 하고 싶은 일을 하면서 살고 있습니다. 어느 날 홍지애 대표님과 통화하며 제가 했던 말이 기억에 남아 있습니다.

"꾸준히 하기가 제일 어려운 거 같아요. 돌이켜보니 꾸준히 하는 게 바로 잘하는 거더라고요."

저와 그는 꾸준히 책을 팔고 책을 만들고 있습니다. 돈을 많이 버는 게 잘하는 것의 척도라면 우린 실패자입니다. 하지만 그 기준을 넘어 가치를 따르고 의미와 열정에 힘을 쏟는 게 잘하는 것이라면 우리는 그 어느 이보다 성공한 인생을 살고 있는 게 아닐까요?

홍지애 대표님의 책 『책 만들다 우는 밤』을 읽는 내내, 우리는 잘하고 있다고 말해주고 싶었습니다. 책 만들다 우는 밤. 책 팔다 우는 밤. 그 눈물은 슬픔이기 이전에 기쁨의 눈물이었음을 고백합니다. 책을 정말 좋아하면, 책 팔다 울게 되고 책 만들다 울게 됩니다.

우리는 책을 팔고, 쓰고, 만드는 일을 좋아합니다. 좋아하는 일을 오래오래 하고 싶은 건 저도 홍 대표님도 마찬가지일 겁니다. 우리 인생이 언제 어디서나 좋아하는 일을 할 수 있는 인생이 되기를 바랍니다. 기쁨의 눈물이 오래 흐르기를.

관상어 중에 '코이'라는

물고기가 있습니다.

코이는 자라는 환경에 따라

몸집이 달라져요.

어항에서 기르면 금붕어만큼 자라지만,

강물에서 자라면 1미터 이상도 자라요.

이런 이유로 주변 환경의 중요성을 뜻하는

'코이의 법칙'이란 말도 생겨났습니다.

지금 그대는 어떤 환경에서 살고 있나요?

책 속에서 살고 있다면,

분명 당신의 사유는 무한히 성장할 거예요.

조
카
와
한
약
속

조카 1호 예담이는 삼촌을 '책을 정말 좋아하는 사람'으로 기억합니다. 삼촌 방에는 책밖에 없다고 하면서 자기도 그런 책을 쓰는 사람이 되고 싶다고 말합니다.

예담이는 책을 많이 읽고 책을 좋아하면 훌륭한 사람이 될 거라고 생각합니다. 그래서 자기도 그러한 삶을 살고 싶어하는 거죠. 예담이에게 책에 대해 딱히 해준 건 없습니다. 그저 책이 있는 환경과 그 책을 보여줬을 뿐이에요.

양육은 해주는 게 아니라 보여주는 것입니다. 아이들은 보고 배웁니다. 어른들이 어떠한 것을 보여주는가에 따라 아이의 삶은 달라집니다. 그렇게 자란 예담이는 책을 좋아합니다. 학교 도서관에 가는 걸 즐기고, 읽고 싶은 책을 스스로 빌려옵니다.

작가가 되고 싶다는 조카 1호 예담이에게 약속했습니다.

"삼촌이 주책공사에서 그 책 팔게."

가끔 제 SNS에 등판하는 조카들을 보고, 제가 결혼했다고 생각하는 분들이 있습니다. "아이 잘 크죠?"라며 인사를 건네는 분들도 있었지요. 처음에는 "아니요! 조카입니다!"라 외쳤는데, 이제는 "네, 아주 잘 크고 있습니다"로 답합니다. 조카라고 설명했을 때 상대가 당황해서 연신 사과하기에, 배려 차원에서 대답을 바꾼 것이죠. 저도 기분 나쁠 것이 없고요.

지금은 조금 멀리 떨어져 살지만, 동생과 도보 5분 거리의 가까운 곳에 살 때는 조카들을 자주 보았습니다. 직접 키워본 적은 없지만 자주 함께 시간을 보냈기에 아이를 키우는 것이 얼마나 어렵고 대단한 일인지 조금은 알고 있습니다.

조카 1호는 친가와 외가를 통틀어 저에게는 첫 조카입니다. 그래서 아주 서툴렀습니다. 첫아이를 낳고 길러본 분들이라면 충분히 공감할 것 같아요. 처음엔 아기가 왜 우는지 도통 모르겠더라고요. 배가 고파서 그런지, 어디가 아파서 그런지, 잠이 와서 그런 건지…. 배고파서 우는 줄 모르고 열을 쟀고, 아파서 울었던 걸 모르고 업어서 잠을 재웠고, 잠이 와서 우는 줄도 모르고 젖병을 물렸죠. 나중에는 감이 오기도 했는데, 맞을 때도 틀릴 때도 있었어요.

그때마다 드는 생각은 딱 하나였습니다. "제발 말이라도 좀 했으면 좋겠다!" 아프면 아프다고, 배고프면 배고프다고, 잠 오면 잠 온다고(부산에서는 잠이 오는 걸 '졸리다'라고 표현하지 않습니다. 잠 오면 그냥 잠 온다라고 표현합니다.) 말이라도 좀 하면 소원이 없겠더라고요.

이제는 커서 말을 잘합니다. 배고프면 배고프다, 아프면 아프다, 잠 오면 잠 온다! 자기 의사를 잘 표현합니다. 그래서 한결 수월합니다(아이가 말을 곧잘 한다고 해도 육아가 어려운 건 마찬가지지만요).

어쨌거나 말에는 힘이 있습니다. 말은 사람의 생각이나 느낌 따위를 표현하고 전달하는 데 쓰는 음성 기호지요. 곧 사람의 생각이나 느낌을 나타내는 소리입니다. 말은 의사소통의 기본입니다.

아이가 말하기 시작하면서 점점 자기 의사를 표현합니다. 아이들은 어렵게 말하지 못합니다. 자신이 아는 언어 안에서 간단명료하게 메시지를 전달하지요. 또 아이들은 할 말은 감추지 않고 합니다. 저도 아이였을 때는 그랬을 겁니다. 그런데 지금은 오히려 간단명료하게 말할 수 없습니다. 할 말은 해야 하는데 점점 작아지는 제 모습을 봅니다. 결국 말은 해야 아는 것인데 말이죠!

아닌 걸 아니라 말하지 못하고 '그럴 수도 있겠다'라며 이해하는 척하지만, 사실 합리화에 불과하죠. 한때 유행했던 말인 '느낌적인 느낌'으로는 안 됩니다. 말은 해야 압니다. 자신의 의사를 분명하게 전할 것! 그래야 배고플 땐 밥을 먹고, 잠 올 때는 잠을 자고, 아플 때는 약을 먹을 수 있으니까요. 할 말은 하고 삽시다. 그래야 압니다.

1. 몇 년 전 이벤트로 독자분들에게 커피 쿠폰을 보낸 적이 있습니다. 서점을 방문한 한 독자가 예전에 사장님한테 커피 쿠폰을 선물 받아서 그 신세를 갚으러 강원도에서 부산까지 왔다고 합니다.

2. 저는 책도 거침없이 선물하곤 합니다. 오래전 어떤 독자가 도서 이벤트에 당첨됐습니다. 그분은 온라인으로 책을 몇 번 주문했었는데, 신세 갚으러 서점에는 이제야 왔다며 인사를 건넸습니다.

3. 서울국제도서전에 갔더니 문자 메시지가 한 통 왔습니다.

뵙고 싶다는 문자였습니다. 그 독자와 만났습니다. 그분이 저에게 책을 한 권 선물했습니다. 어느 날 인스타그램 라이브 방송 때 "서점을 열고 나서는 책을 선물만 해봤지, 선물을 받아본 적이 없다"라고 말한 적이 있는데, 그걸 기억하고는 멀리서 저에게 줄 책 한 권을 들고 도서전에 참석한 거였습니다.

4. 도서전에서 아주 마음에 드는 출판사를 만났습니다. 출판사 부스에서 이런저런 질문을 주고받았습니다. 책을 몇 권 구매하고 돌아서서 나서는데 누군가 저에게 먼저 아는 척을 합니다. 모녀가 함께 서 있는데, 딸아이가 13세 친구였어요. 인스타 라이브 방송을 엄마가 자주 시청하는데 딸아이가 옆에서 같이 즐겨 보았던 모양입니다. 딸아이가 먼저 저를 알아보았다 하네요. 반가운 나머지 그 친구에게도 책을 한 권 선물했습니다.

5. 도서전에서 이런저런 책을 둘러보고 있는데 부스에 있던 분이 어떤 이유에서인지 갑자기 저를 뚫어지게 쳐다봅니다. 더 고개를 숙이고 책을 보는 척하는데, 그분이 먼저 말을 건넵니다. "혹시… 주책공사…?"

6. 나이 지극히 드신 어르신 한 분이 서점에 들어왔습니다. 방송을 보고 오셨다고요. 너무 멋진 청년이라 느껴서 책을 사러 왔다고요. 원하던 책이 서점에 없어서 주문해놓고 가셨습니다. 그분은 다시 오겠다며, 앞으로는 책을 여기서 사겠다고 선언했습니다.

7. 하루는 어떤 일로 마음이 무거웠습니다. 중요한 결정을 내려야 하는 상황이었고 모든 것은 제가 그냥 안고 가기로 마음먹었습니다. 그러던 찰나 서점에 독자 한 분이 찾아왔습니다. 단골 독자였지요. 그분은 제게 펜을 한 자루 빌렸는데, 떠나기 전에 편지를 쓱 내밀고 갑니다. 위로와 격려가 가득한 다정한 편지였어요.

위에 나열된 일들은 닷새 사이에 일어난 일입니다. 일일이 나열해 쓰지 못할 정도로 다양한 일들이 있었고, 다정한 이들을 마주했습니다. 사랑을 주고받는 하루하루가 정말로 귀했습니다. 왜 이런 일이 일어났을까요?

서로가 서로에게 각별했기 때문입니다. 책이 우리 사이를 각

별하게 해주었습니다. 세상에서 가장 슬픈 별이 이'별'이라면
세상에서 가장 아름다운 별은 각'별'이지 않을까요?

발명, 발견, 발전.

이 단어의 시작인 '발'은 모두 같은 한자를 씁니다. '發(필 발)'은
여러 의미를 지니고 있습니다. 그중에 가장 적절한 뜻은 '베풀
다'라고 생각합니다. 진정한 발명은, 발견은, 발전은 베풂으로
부터 시작하여야 하고, 베풂으로 끝나야 완성되기 때문이죠.
아무리 좋은 것을 발명하고, 발견하고, 발전한다고 한들 그것
이 흘러가서 함께하지 못한다면 무슨 소용이 있을까요?

베푼다는 것은 거창한 게 아닙니다. 그저 '나에게 주어진 삶을
잘 살아가는 것'입니다.

며칠 전 버스를 타고 서점으로 출근하던 때의 일입니다. 저는 버스를 타면 주로 책을 읽습니다. 버스에 타서 내릴 때까지 책을 읽는 사람은 저 혼자일 때가 대부분이죠. 지하철을 이용할 때도 마찬가지고요. 그런데 그날은 버스에서 책을 읽는 어르신 한 분을 마주했습니다. 엄청 반가웠어요.

제가 읽던 책은 잠시 내려놓고 어르신께서 어떠한 책을 읽는지 살짝 훔쳐보았습니다. 『삼국지』더군요. 예전 인터뷰에서 무인도에 가지고 갈 책을 꼽아달라는 질문에 『삼국지』를 언급했을 만큼 저도 좋아하는 책입니다. 삼국지는 '타산지석'이거든요! 옥석을 가릴 수 있게 해주는 책입니다.

버스를 타고 가는 30분 동안 외롭지 않다는 느낌을 받았습니다. 어르신은 머리가 희끗했고 그의 손에 들린 『삼국지』는 빛에 바래 노랬습니다. 세월의 흔적이었습니다. 버스에서 어르신과 함께 책을 읽는 내내 주책공사의 독자들이 떠올랐습니다. 함께 읽고 삶을 다하는 이들이 있어 외롭지 않음을 느꼈습니다.

물론 책을 읽는다고 해서 반드시 잘 산다는 말이 아닙니다. 어르신이 책을 읽으며 주어진 삶을 충실하게 살아내는 일이 저에게 좋은 영향을 미쳤다는 뜻입니다. 이렇게 사소한 일들이 모두 베풂이 될 수 있습니다. 내 삶의 어떤 모습이 어느 이에게는 외롭지 않은 시간이 되어주기도 하고, 도전하려는 마음으로 깨어나기도 하며, 돌아보며 삶을 다짐하는 계기가 되어줄 수도 있지요. 그게 바로 베푸는 삶이지 않을까요?

외롭다는 생각이 들 때, 주변을 둘러보세요. 뜻밖의 환대가 있을 겁니다. 어려운 건 없습니다. 지금 그 자리에서 고개만 들면 됩니다.

펭귄은 몸을 흔들며

뒤뚱뒤뚱 걷습니다.

그 걸음걸이에는

과학이 숨어 있습니다.

똑바로 걸으면 빠르게 갈 수 있지만,

발을 내디딜 때 신체 면적이 넓어져

그만큼 체온이 손실되거든요.

뒤뚱뒤뚱 걸으면 느리지만,

신체 면적이 거의 늘어나지 않아

체온을 효과적으로 보존할 수 있습니다.

느림의 미학이지요.

책을 읽는다는 것은 느리지만

우리 삶을 보전할 수 있는 행위입니다.

그 걸음이 빛입니다.

지난 일요일, 빵을 한가득 사 들고 서점에 갔습니다. 서점을 운영하다보면 식사를 거를 때가 부지기수거든요. 역시나 그날도 식사 시간을 흘려보내고 배고픔에 빵을 먹고 있는데, 서점에 종종 오시던 독자분이 말을 걸어왔어요.

"사장님. 사장님께 읽는다는 건 무엇인가요?"

그 질문이 떨어지기가 무섭게 저는 바로 답했습니다.

"삶입니다."

읽는다는 건 저에게 삶 그 자체입니다. 읽다보면 밥을 먹고, 읽다보면 일을 하고, 읽다보면 커피도 마시고, 읽다보면 사람을 만나고, 읽다보면 집에 가고, 읽다보면 서점에 오고, 읽다보면 잡니다.

단지 읽는 게 삶이라는 말은 아닙니다. 단순히 읽는 것만으로 그친다면, 그것은 삶이라기보다는 규칙에 가깝겠죠. 읽음이 삶이 된다는 것은, 사유하고, 사색하고, 사고한 내용을 실제 나의 삶으로 살아낸다는 뜻입니다.

읽음이 삶이 될 때, 책은 비로소 책이 됩니다.

장면 1.

"엄마한테는 아들이 다 커도 언제나 어린이다. 오늘 어린이날인데 뭐 갖고

싶은 거 없나?"

"그런 거는 물어보지 말고 선물을 줘야지. 나는 그냥 미숙이 건강한 게 선

물이다."

장면 2.

"사장님. 오늘은 친구를 데리고 왔어요."

"감사합니다. 덕분에 먹고살아요."

요즘 부쩍 뭔가 잘못 살고 있다고 생각합니다. 하고 싶은 일을

하고 있지만 혹여나 제 삶의 방식이 가족이나 주위 이웃들에게 해를 끼치지 않는지 말입니다. 시기하고 질투하는 제 모습이 요즘 계속 보이거든요.

오늘 겪은 두 개의 장면 덕분에, 잘못된 내 생각과 시선을 돌아볼 수 있었습니다. 어린이날을 맞이한 엄마의 다정한 말과, 멀리서 서점에 찾아와 응원을 건네는 독자의 따스함에서 위로를 얻었습니다.

책을 읽다 '사랑의 쓸모'라는 말을 만났습니다. 이 말이 몇 날 며칠 사무치게 닿았습니다. 가족과 독자들이 저에게 주었던 사랑은 모두 쓸모가 있었습니다. 거기에 비해 저는 과연 그들에게 쓸모가 있었는지 의심해봅니다.

자신의 이름 앞이든 뒤에든 쓸모를 붙여보기를 권합니다. 상호명이나 좋아하는 책 이름도 좋습니다. 무엇이든 다 좋습니다. 그리고 쓸모를 붙여서 읽어보세요. 인생을 대하는 태도와 시선이 달라질 겁니다. 주책공사 쓸모. 쓸모 이성갑. 아, 잘 살아야겠습니다!

인스타그램 라이브 방송(이하 '라방')을 줄곧 해왔습니다. 정해진 날짜는 없고, 하고 싶을 때 합니다. 예전에는 라방을 자주 했습니다. 서점을 운영하기 전, 직장을 다닐 때는 '퇴근 라방'이라고 이름 붙여 하루에 책 한 권씩을 소개했던 적도 있었습니다.

라방에서는 근황 이야기를 주로 합니다. 인스타 피드를 통해 소개하지 못한 책을 소개하기도 하고요. 다양한 질문도 받고 답변을 드립니다. 저는 부산에서 나고 자라서 사투리를 많이 씁니다. 그걸 신기해하며 재밌게 시청하는 독자들도 있고, 피드 글만 보다가 목소리를 듣고 놀라는 분들도 있습니다. (저는 지금도 사투리를 쓰지 않는다고 믿습니다만!)

무엇보다 라방이 재밌고 라방을 아끼고 있습니다. 스스로 자부심을 느끼고 있을 정도니까요. 라방을 한 번이라도 시청해 본 분들은 공감할 겁니다. 라방을 한번 진행하면 몸이 엄청나게 긴장하는지, 마치고 나면 정말 실신할 정도의 상태가 됩니다. 라이브다보니 혹여나 말실수를 할까봐 그렇지요. 그래서 어느 날부터 횟수를 줄이게 됐어요.

한번은 '가장 기억이 남는 라방이 있느냐'는 질문을 받은 적이 있습니다. 고민할 필요도 없었습니다. 제일 기억에 남는 라방이 있거든요. 날짜를 정확히 기억하지는 못하지만, 새벽 1시가 넘은 시각이었음은 기억합니다. '이 시간에 설마 사람들이 라방을 보겠어?'라는 심정으로 라이브를 켰는데, 생각보다 정말 많은 분들이 들어왔습니다. 정말 놀랐어요.

놀란 저는 연신 물었습니다. "다들 이 시간에 안 자고 뭐 하세요?"

라방을 시청하던 분들이 하나같이 하는 말이 있었습니다.

"이제부터 드디어 제 시간입니다. 집안일 끝내고 이제야 쉬고 있네요."
"드디어 시간이 나서 책 좀 보려고요. 라방 보다가 저도 모르게 잠들 수 있어요."

지친 일과를 마치고 밤늦게야 자기 시간을 보내던 독자분들. 그분들과 마주한 그날의 라방을 또렷이 기억합니다. 저는 새벽이었지만 더 텐션을 높였고, 제가 할 수 있는 걸 전부 했습니다. 조금이라도 힘이 되어드리고 싶었거든요. 그날 이후로는 새벽 라방을 켜지 못했습니다. 나만 힘들지 않고 여유를 누린다는 마음이 들었기 때문입니다.

가끔 그날의 라방을 떠올립니다. 새벽 1시가 넘은 시간에 지친 몸을 이끌고 라방을 보며 웃던 우리의 엄마들을요.

1. 엄마 미숙이와 조카 예담이가 만나면 가끔 '알까기'를 합니다. 한동안 예담이가 전패를 기록했습니다. 한 번 정도는 져줄 법도 한데 미숙이가 최선을 다한 결과이지요.

전패를 거듭했던 예담이는 아빠와 함께 특훈하기 시작했습니다. 연습하고 또 연습했습니다. 알까기 그게 뭐라고 말이죠. 특훈을 받고 며칠을 연습한 예담이는 마침내 미숙이와 재대결을 펼쳤습니다.

그 결과가 어떻게 되었을까요? 미숙이 할머니와 손녀 예담이의 재대결은 예담이의 완승이었습니다. 승리를 거둔 예담이는 세상을 다 가진 듯한 표정을 지으며 펄쩍펄쩍 뛰며 기뻐했습니다.

2. 처음 주책공사를 운영하기 전보다 체중이 10킬로그램 이상이 늘어났습니다. 나이를 먹고 신진대사가 떨어진 탓도 있을 것이고, 활동량이 줄어든 탓도 있을 것입니다. (온종일 실내인 서점에서 제가 움직여봤자 얼마나 움직이겠습니까.)

저희 집에는 체중계가 없습니다. 동생 집에 가면 한 번씩 재보는데, 어느 날 숫자가 이상하더군요. 체중계가 고장 난 줄 알았습니다. 태어나서 그런 숫자를 처음 보았거든요.

적지 않은 충격이었습니다. 이러다가는 진짜 큰일이라도 날 것 같더군요. 저는 한번 다짐하면 결과를 얻을 때까지 무서울 정도로 실행하는 성격이거든요. 곧장 체중 감량을 시작했습니다. 6시 이후로는 금식하며 날마다 걷기와 뛰기를 반복하고 있습니다. 등산도 다니고요.

체중계를 샀습니다. 그리고 살이 점점 빠지기 시작했습니다. 만세!

3. 오늘은 8년 만에 한 사람을 만났습니다. 제가 목회하던 시절에 만났던 청년이었습니다. 제가 목회를 그만둔 지도 벌써 8년째더라고요. 지금은 이 청년과 같이 늙어가고 있습니다. 이성갑이라는 목회자를 잊을 법도 한데 저를 보러 주책공사에 찾아왔더라고요.

우리의 대화 속에는 옛 기억과 추억이 가득했습니다. 다음 만남을 기약하고 헤어졌습니다. 만감이 교차하더라고요. 오랜 시간이 지났음에도 목회 때 만났던 분들은 매번 주책공사를 찾아옵니다. 그분들을 볼 때면 '그래도 내가 헛살지는 않았구나' 싶습니다.

현재의 삶을 다하다보면 과거의 삶을 다하면서 만났던 이를 마주합니다. 그 사소한 만남이 기뻤습니다. 무엇이든 삶을 다할 때 사람은 반드시 남기 마련입니다.

추신: 그대들의 사소한 기쁨은 무엇이 있나요? 대단한 것은 결국 사소함이 모여서 만들어집니다. 그 대단함은 바로 지금 우리가 사는 일상에서 나옵니다. 지금에 감사하고, 지금을 즐겁게 보내는 것이 우리에게는 기쁨이 될 테지요.

장
기
기
증

책방에서 책을 읽던 독자가 저에게 한 가지 질문을 던졌습니다. "혹시 장기 기증 신청하셨어요?" 그분이 읽던 책은 죽음에 관한 책이었고, 그 책에는 장기 기증에 관련된 글이 있었습니다. "네." 저는 운전면허증을 꺼내어 장기 기증 희망자 표시를 보여드렸죠.

"왠지 모르게 하셨을 것 같았어요."
"읽음이 삶이 되어야죠."

언어를 배울 때 중요한 것은 나이가 아니라, 그 언어와 함께 살아가는 경험이라고들 합니다. 책도 마찬가지라고 생각합니다. 아무리 많은 책을 읽어 사색하고 사유하더라도 그것이 자신의 삶이 되지 않는다면 무슨 소용이 있을까요?

오늘도 열심히 읽었고 그것을 나의 삶으로 만들겠노라 작정했습니다. 주책공사 독자들의 읽음 또한 삶이 되기를 꿈꿉니다. 그때 비로소 책은 책이 됩니다.

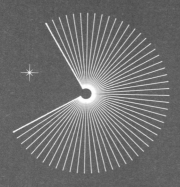

5

홀
로,

이
곳
에

우리가 책을 읽어야 하는 이유는 셀 수 없을 정도로 많습니다. 유튜브 채널 〈공부왕찐천재 홍진경〉에서 방송인 홍진경은 딸 라엘이 이야기를 꺼내며 책에 대한 생각을 전했습니다.

"우리 라엘이가 진짜 책을 좋아했던 애예요. (지금은) 책에서 핸드폰으로 넘어갔어. 나 그게 되게 마음 아파. 내가 책을 왜 봐야 한다고 생각하냐면, 삶이 매 순간이 선택이다? 글을 많이 읽으면 선택을 잘하게 돼. 조금이라도 더 나은 선택을 하게 해요. 그건 분명해요. 그렇다면 영어 단어 몇 개 더 아는 게 뭐가 중요해요? 사유를 깊게 하고 좋은 선택을 하는 거, 그게 훨씬 더 필요하더라고, 살아보니까."

홍진경이 말하는 '책을 읽는 이유'는 제가 늘 말하고 추구하는 방향과도 같았습니다. 고속도로를 하나 건설하면 우린 언제 어디서나 그곳에 갈 수 있습니다. 고속도로를 더 만들면 우리가 갈 수 있는 곳이 늘어납니다. 책은 고속도로를 건설하는 것과 같습니다. 얼마나 많은 책을 사유하고 길을 만드는가에 따라 우리의 인생 여정은 갈 수 있는 곳이 많아집니다.

책은 정답을 말해주지 않습니다. 정답을 찾으려고 책을 읽다가 책과 점점 멀어지는 삶을 사는 경우를 많이 보아왔습니다. 책은 정답을 찾는 도구가 아니라 길을 찾고 만드는 도구임을 기억해야 합니다. 하지만 길을 만들기 위해서는 시간과 노동이 필요하며 돈도 필요합니다. 책을 읽고 사유하는 삶은 그만큼 어렵습니다. 물론 어떠한 삶도 쉽지는 않습니다. 그 점은 모두에게 똑같습니다.

어쩌면 모두에게 똑같이 어려운 인생에서 나만 책을 선택하는 건 무모한 행동처럼 느껴질 수 있습니다. 책을 읽고 사유하는 그 시간에 뭐라도 하나 더 해야 성공할 수 있을 것만 같은 세상이니까요.

그렇다면 성공하는 삶이란 과연 무엇일까요? 좀 더 나은 삶이란 무엇일까요?

더 나은 선택, 더 나은 삶을 살고 싶다면, 제 답은 책입니다. 책이 더 나은 선택, 좋은 선택을 가능하게 해주니까요.

그대들, 다녀오세요

오래전 어느 식당에 들른 적이 있습니다. 들어서는 순간 인사를 받았는데요, 그날 날짜까지 기억할 정도로 그 인사말이 아직도 생생합니다. 수년이 지났는데도 말입니다.

"다녀오셨어요."

나는 오늘 이곳에 처음 왔을 뿐인데, 마치 오랫동안 이곳에 머물렀던 사람 같았습니다. 반대로 식사를 마치고 나갈 때 받은 인사는 "다녀오세요"였습니다.

그곳에 다시 안 갈 수가 없더라고요. 물론 맛도 일품이었습니다. 첫 방문 이후로 그 식당을 종종 찾아갑니다. 갈 때마다 그 인사의 강렬함이 제게 남았습니다. 이제는 그곳이 저에게는 몸과 마음이 '머무는' 식당이 되었습니다.

스쳐 지나가는 서점이 아니라 머무는 서점이 되고 싶습니다. 억지로 찾는 곳이 아니라 자연스레 지나가다 종종 들를 수 있는 서점이 되고 싶습니다. "안녕하세요"보다 "다녀오셨어요"라고 인사할 수 있는 서점이 되고 싶습니다.

감사하게도 이곳에서 저는 "잘 지냈어요?" "식사는요?" "요즘은 좀 어때요?" "어쩐 일이세요?"라는 인사를 건네고 있습니다. 이런 인사가 가능한 건 주책공사를 찾아와주는 독자 한 명 한 명이 있기 때문입니다. 독자가 없으면 주책공사는 존재할 수 없습니다. 그동안도 그랬고, 앞으로도 그럴 것입니다. 오래오래 이곳에서 독자들에게 인사하고 싶습니다.

"그대들, 다녀오세요."

중
쇄
를
찍
자
!

일본 드라마 〈중쇄를 찍자!〉는 주간 만화 잡지 편집부에 취직한 주인공이 만화 잡지를 팔기 위해 동료들과 함께 고군분투하는 이야기입니다. 그중 2화에 이런 장면이 나옵니다.

"우리가 파는 건 책이지만 상대하는 건 사람이다. 전하려는 노력을 아끼지 마라."

주책공사가 가장 중요하게 여기는 가치와 철학과도 같습니다. 우리가 서로가 서로에게 진심을 다해 마음을 쏟는다면, 오늘보다 내일이 달라질 거라 믿습니다. 서로가 서로에게 무엇을 '해달라'는 말보다는 '해줄게'라는 말이 앞선다면, 아직 살 만

하리라 믿습니다.

예전에 저는 어떤 일이든, 많이 하면 그것이 재산이 될 거라 여겼습니다. 그 재산이 곧 남는 장사이며 도전이라 생각했습니다. 그래서 쉼 없이 달렸습니다. 그래야만 되는 줄 알았습니다. 중간에 멈추기도 했습니다. 아니, 포기하기도 했습니다. 다시 다른 일을 하면 그만이었습니다. 영원한 건 없다며 스스로 다독였습니다.

시간이 많이 지난 뒤, 포기했을 때를 돌이켜보았습니다. "이래서 저래서 요래서 포기할 수밖에 없었다"라며 상황을 탓하는 제 모습이 보였습니다. 돌아보니 무엇을 탓할 문제가 전혀 아니었고 그저 제 의지가 거기밖에 미치지 못했기 때문에 포기했는데 말이죠.

다시 시간이 흘렀습니다. 지금까지 꾸준히 하고 있는 일들을 떠올려보았습니다. 그 일들이 순탄해서 꾸준히 하는 건 아니었습니다. 고난과 역경은 분명 존재했습니다. 거친 파도와 폭풍우가 몰아닥쳤을 때 당당히 맞서 이겨냈습니다. 그저 제 의지가 그것을 넘어섰기 때문입니다.

무조건 '많이' 하면 잘하는 거라 여겼습니다. 그런데 잘하는 게 아니었습니다. 세상에서 잘한다고 인정받기 위해서는 '꾸준히' 해야 했습니다. 꾸준함이 제일 어렵습니다. 고난과 역경을 잘 헤쳐 나가야지만 가능한 일이니까요. 잘하기 위해서는 꾸준해야 합니다. 동시에 가장 실천하기 어려운 것도 꾸준함입니다. 꾸준함이란 도대체 무엇일까요? 왜 그토록 어려운 걸까요? 어떻게 해야 꾸준함을 유지할 수 있을까요?

사실 저도 명확하게 알지 못합니다. 그런데 한 가지는 말할 수 있습니다. 꾸준함이란, 결국 단순해야 가능하다는 사실을요. 복잡하게 뭘 자꾸 더하면 안 된다는 것을요. 저는 그렇게 단순하게 책을 대해 왔습니다. 그렇게 삶을 대하려 노력하고 있습니다.

그랬더니 제 옆에 사람이 보이기 시작했습니다. 욕심과 시기와 질투와 야욕으로 사람 앞을 막고 있던 커튼이 하나하나 걷혔습니다. 삶은 사람으로 시작하는데, 너무나 많은 것들로 내

옆에 사람을 막고 있었더라고요. 아직도 저는 커튼을 걷는 중
입니다. 언제쯤이면 이 커튼을 모조리 걷어낼 수 있을까요?

오리는 추운 겨울에 헤엄쳐도

발이 얼지 않습니다.

비결은 '열 교환'과 '단열'에 있습니다.

뜨거운 피가 동맥을 따라 흐르다가

다리의 정맥에 열을 전달해 열 손실을 방지하고,

딱딱한 발 표면은 외부의 냉기를 차단해

발이 얼지 않게 합니다.

책을 읽는다는 것은,

삶에 열을 전달하고

삶의 표면을 단단하게 하는 행위입니다.

우리의 삶이 책을 통해

얼지 않기를 기도합니다.

혼자 있는 것을 좋아합니다

혼자 있는 것을 좋아합니다. 지금도 서점에 홀로 머물고 있습니다. 혼자 서점에서 음악을 듣고, 밥을 먹고, 책을 읽고, 글을 씁니다. 외롭지 않냐고요? 옆에 누가 없으면 늙어서 고생한다고요? 혼자라서 과연 그렇게 될 수밖에 없을까요?

1인 가구가 점점 늘어만 갑니다. 배달 앱에 1인 메뉴가 등장했고, 고속도로 휴게소에는 혼자서 먹을 수 있는 1인 테이블이 생겨나기 시작했습니다. 통계청에 따르면 2016년에 500만이었던 1인 가구는 2023년에 780만을 넘어섰습니다. 코로나19로 인한 '사회적 거리 두기'는 자연스레 사람 사이의 거리를 벌렸지요. 꼭 코로나만이 원인은 아닙니다. 우리 사회가 사람들을 점점 혼자로 만들어왔고, 코로나는 거들 뿐이었죠. 1인 가구는 앞으로 늘어나면 늘어났지, 줄어들지는 않을 겁니다.

2021년 5월에 개봉한 〈혼자 사는 사람들〉은 감독 홍성은의 첫 장편영화입니다. 주인공 진아는 늘 혼자가 편합니다. 사람들이 말을 걸어오지만 불편합니다. 회사에서 신입사원 교육을 맡기자 진아는 괴로워 죽을 지경입니다. 진아는 혼자 밥을 먹습니다. 밖에서 혼밥할 땐 이어폰과 스마트폰이 함께하고요, 집에서 저녁을 먹을 때는 텔레비전이 함께합니다.

저는 진아가 외로워 보이지 않았습니다. 그저 삶의 방식으로 여겨졌습니다. 각자의 삶의 방식이 있을 뿐이죠. 다른 사람들과 함께 있는데 외로웠던 적 없나요? 함께인데도 혼자 같을 때가 있지요. 혼자 있다고 해서 반드시 외로울 거라 단정 지을 수는 없다는 말입니다.

삶에는 늘 고독함이 따릅니다. 어떻게든 살아가야 하고, 어떻게든 살아내야 합니다. 삶을 지키기란 힘이 들고 아픈 일입니다. 진아는 외로움을 이겨내기 위해 텔레비전을 켜놓고 잠이

듭니다. 반면 진아의 아버지는 외로울 때 사람들과 어울립니다. 말했듯이, 혼자이든 함께이든 각자의 방식을 따르는 것입니다.

당신의 고독은 어떠한 방식입니까? 무엇을 할 때 기쁩니까? 거기서 쉼을 얻습니까? 좋은 방식, 나쁜 방식은 없습니다. 그저 각자의 삶의 방식만 기록되어 남을 뿐입니다. 그러니 그대, 주눅 들지 마십시오. 잘하고 있습니다.

안으면, 포근하니까

드라마 〈멜로가 체질〉 14화에 상수(배우 손석구)와 은정(배우 전여빈)이 보육원에서 우연히 만나 함께 봉사하고 아이스크림을 먹으며 잠시 쉴 때 나눈 대화가 오랫동안 잊히지 않습니다.

> 상수: 안아줄까요?
> 은정: 뭐… 뭐라는 거야? 당신이 날 왜 안아?
> 상수: 힘드니까.
> 은정: 내가 힘들다고 그랬어? 그리고 내가 힘든데 당신이 왜 날 안아?
> 상수: 안으면… 포근해….

안으면 포근합니다. 온기가 있기 때문이죠. 온기가 남으면 따스함은 지속됩니다. 한겨울 따스한 캔 커피를 가슴에 품고 있다 누군가에게 건넸던 적 있나요? 친구나 연인, 가족 등과 만나거나 헤어질 때 두 팔을 벌려 안아본 적 있나요? 그들과 두 손을 꼭 맞잡은 적 있나요? 그때의 설렘과 포근함, 온기는 세상 그 무엇과도 바꿀 수 없는 것이었을 텝니다.

어렸을 적 동네에서 '얼음땡' 놀이를 많이 했습니다. 술래를 피하지 못하면 '얼음'을 외쳐 위기를 모면합니다. 얼음이 되면 움직일 수 없는 상태가 되지만 친구가 '땡'을 외치며 나의 몸을 터치하면 다시 자유로워지는 놀이지요. 온기와 온기가 만나야지만 자유로워지는 놀이가 얼음땡입니다.

살다보면 어쩔 수 없이 '얼음'을 외쳐야 하는 순간이 있습니다. 그럴 때 '땡'을 외치며 찾아와준 친구가 저에게는 시인 양안다의『숲의 소실점을 향해』라는 책이었습니다. 앞으로도 삶이 얼어붙을 때마다 꺼내어 읽을 것이고요. 이 시집은 온기 그 자체입니다. 포근하지요.

양안다의 시집을 덮으며 생각합니다. 내가 죽을 수 있지만 '얼음' 상태인 친구에게 최선을 다해 달려가 '땡'을 외치며 온기를 전해줄 수 있는 사람이 되고 싶다고요. 우리 모두가 그렇게 삶을 다했으면 좋겠습니다. 안으면, 포근하니까요.

읽음이 삶이 되었을 때, 책은 비로소 책이 됩니다.

Reading is Living! 제가 오랫동안 외쳐온 말입니다. 그렇게 살기 위해 무던히 애쓰고 있습니다. 미친 듯이 노력하고 있습니다. 그렇다면 읽음이 삶이 된다는 것은 무엇일까요?

깨닫는 것입니다. 사고가 변화하는 것이죠. 변화는 태도가 되고, 시선의 확장으로 이어집니다. 『끝나지 않은 일』이라는 책에서 비비언 고닉은 처음부터 끝까지 책을 통해 변화된 사고의 태도와 시선을 말하고 있습니다. 앎과 배움의 실천이 무엇인지 이야기합니다.

배운다는 것은 지식을 습득하는 것이 아니라 삶을 품는 것입니다. '배우다'가 임신을 뜻하는 '배다'에 사동사 '–우–'가 들어간 말이라고 생각해보면 어떨까요? 배운다는 것은 곧 품는 것인 셈이죠.

공자는 『논어』에서 배움에 대해 네 가지를 말합니다. "태어나면서 아는 사람이 최고이고, 그다음은 배워서 아는 사람이며, 그다음으로는 애써서 배워서 아는 사람이고, 최하의 사람은 바로 애써서 배우지 않는 사람이다."

공자는 본질적 인성에는 차이가 없다 하더라도, 앎과 배움의 실천을 통해 사람 간의 차이가 생겨난다고 보았던 거죠. 공자는 "나는 나면서부터 아는 자가 아니라, 옛것을 좋아하여 급급히 그것을 구한 자다"라고 자신을 정의했습니다. 본인도 앎과 배움의 실천을 통해 지금의 모습을 갖추었다는 말입니다.

책을 읽는다는 것은 깨달음이고, 그 깨달음은 앎이 되어 배움의 실천이 되고, 결국 삶이 됩니다. Reading is Living!

2023년 7월 11일. 내 생애 최고의 작가 밀란 쿤데라가 세상을 떠났습니다. 매년 노벨 문학상을 받는 그의 모습을 상상하며 바라고 또 바랐습니다. 이번에는! 이번에는! 이번에도 못 받았구나… 늘 그렇게 아쉬움만 가득 남았었습니다.

밀란 쿤데라가 노벨 문학상 받는 걸 꼭 보고 싶다며 날마다 제 소망을 떠벌리고 다녔습니다. 서점을 찾아온 독자가 밀란 쿤데라의 책을 선택할 때면 흥분하여 세상에서 제일 좋아하는 작가의 책을 사주셔서 감사하다는 인사를 건넸습니다.

밀란 쿤데라의 부고 소식을 접하기 일주일 전에도 서점을 방문한 독자에게 밀란 쿤데라의 『농담』을 소개하며 제발 밀란 쿤데라가 노벨 문학상만큼은 받는 모습을 보고 싶다고 말했습니다. 밀란 쿤데라의 진수는 『참을 수 없는 존재의 가벼움』이 아닌 『농담』이라고 생각하거든요.

저에게 밀란 쿤데라는 삶의 원칙 중 하나입니다. 밀란 쿤데라는 늘 '보이는 게 다가 아니다'를 글에서 이야기합니다. 그의 모든 책에 이 문장을 대입하면 절묘하게 맞아떨어집니다.

이제 밀란 쿤데라는 제가 매년 그토록 염원했던 노벨 문학상은 받지 못합니다(노벨 문학상은 생존자에게만 수여한다는 선정 원칙이 있습니다). 하지만 저에게만은 그가 당대 최고의 노벨 문학상 작가였습니다. 그의 존재는 큰 복이었습니다.

우리에게 없어서는 안 될 작가였던 밀란 쿤데라, 그가 우리에게 남긴 '보이는 게 다가 아닌 삶'을 기억하고 실천합니다. 그의 죽음을 가슴 깊이 애도합니다.

웜뱃은

호주를 대표하는 동물입니다.

고운 심성을 가진 웜뱃은

자연 재난이 발생하면 다른 동물들이

자신의 땅굴로 피신해도 받아줍니다.

심지어 자기 땅굴로 안내하는

행동을 보였다는 보고도 있습니다.

책을

읽는 것은

그렇게 타인에게 사유의 굴을 내어주고,

타인을 안전한 곳으로

안내하는 행위입니다.

책
장,
册
張

유튜브 채널 〈뜬뜬〉 속 '핑계고'에 영화감독 장항준과 작가 김은희 부부의 이야기가 업로드되었습니다. MC인 유재석이 김은희에게 "작가가 되기 위해 어떤 것들을 해야 할까요?"라고 질문하자 김은희 작가가 답합니다.

"재석 씨도 후배들에게 '기사 많이 봐라' '책 읽어라' 그러잖아요. 똑같은 거 같아요. 개그맨들도 보면 사회에 관심 있고, 사람한테 관심이 있어야 멘트도 나오고 그러잖아요. 작가도 똑같은 거 같아요. 이 사회에 대한 자기의 시선이 있고, 사람을 먼저 좋아해야 사람 얘기를 쓸 수 있잖아요. 그래서 사람에 관심을 많이 가져야 해요."

사람이 책을 쓰고, 사람이 책을 만들고, 사람이 책을 팝니다. 그래서 책은 곧 사람입니다. 책을 사랑한다는 것은 저에게는 사람을 사랑하는 것과 같습니다. 저는 책을 사유할수록 결국 사람을 사랑할 수밖에 없더군요.

책은 한 장 한 장 '페이지'로 이루어집니다. 그 낱장을 '책장'이라고 부릅니다. 그렇기에 우린 책장(페이지)을 넘기며 책을 사유합니다.

여기 놀라운 사실이 하나 있습니다. 책장의 한자는 '册張'입니다. 한자를 풀어보면 '册'은 '책 책'이고, '張'은 '베풀 장'입니다. 책은 베푸는 행위가 모인 귀한 것입니다. 우리는 늘 베풂을 마주하고 있었습니다. 책을 사유할 때면 사람을 사랑할 수밖에 없었던 이유죠. 그것이 책이 주는 힘입니다. 책이 곧 사람입니다. 책은 곧 베풂입니다.

낭
만
이

사
라
져
간
다

'밈'은 본디 리처드 도킨스의 책 『이기적 유전자』에서 문화의 진화를 설명할 때 처음 등장한 용어입니다. 지금은 인터넷상에서 유행하는 문화의 일부를 지칭하는 말이 되었죠. 그런데 한때 '낭만'이란 단어가 밈으로 유행했습니다.

낭만이 무엇이냐고 묻는다면 딱히 뭐라 정의하지는 못하겠습니다. 그런데 드라마 〈낭만닥터 김사부 3〉 마지막 회 엔딩에 낭만에 관한 독백이 나오더라고요.

"살아간다는 건 매일매일 새로운 길로 접어드는 것. 그리고 매일매일 쏟아져 들어오는 현실과 마주하는 것. 살아가는 매 순간 정답을 찾을 수는 없겠지만, 그래도 김사부는 그렇게 말했다. '우리가 왜 사는지, 무엇 때문에 사는지에 대한 질문을 포기하지 마. 그 질문을 포기하는 순간 우리의 낭만도 끝이 나는 거다. 알았냐?'라고 말이다."

〈낭만닥터 김사부〉에서 낭만은 '인류애'였습니다. 이들이 살아가는 이유는, 매 순간 삶을 다했던 이유는 바로 사람을 향한 것이었거든요. 김사부가 던진 질문 또한 사람을 향했습니다. 사람에 관한 질문이 끝나는 순간 우리의 낭만도 끝이라는 메시지는 지금도 유효합니다.

지금은 낭만이 사라진 시대입니다. 뭐만 하면 자기는 모른다고, 뭐만 하면 본인은 아니라고 말합니다. 책임질 줄 모르는 시대입니다. 이러다가는 정말 큰일이 나지 싶습니다. 그렇기에 낭만을 갈구하고, 낭만을 다시 찾아야 한다는 목소리가 밈이 되어 유행처럼 번지는 것은 아닐까요? 낭만을 찾아야 하니까요. 낭만 속에는 사람이 있으니까요.

어
쩌
다
마
주
친
그
대

어느 점심시간, 서점 근처에서 거리 공연이 열렸습니다. 현장에 직접 가보지는 못했지만 멀리서나마 잠시 볼 수 있었고, 서점까지 온전히 소리가 전해져 음악을 들을 수 있었죠. 다양한 악기의 하모니와 가수의 목소리는 서점에 있는 저까지 절로 흥이 나게 만들었어요.

TV 프로그램 〈유 퀴즈 온 더 블럭〉 161회에 송골매의 팀원이었던 가수 배철수와 가수 구창모가 출연했습니다. 「어쩌다 마주친 그대」라는 곡을 작곡한 구창모에게 MC 조세호가 이 곡을 어떻게 작곡하게 되었는지 묻습니다. 그러자 구창모는 곡을 설명하면서 밴드의 특성에 대해 이야기합니다.

"밴드의 장점, 특성 중에 하나가 같이 힘을 합칠 수 있다는 거예요."

구창모가 통기타를 치며 구상해둔 곡의 기본 줄기가 있었는데, 함께 모여서 합주하던 중에 기타리스트가 전주에 아이디어를 내고 드러머가 간주에 아이디어를 보태는 식으로 곡이 완전해지고 어우러짐이 생겼다는 것이었죠.

세상엔 혼자서는 할 수 없는 일들이 있습니다. 혼자만의 아이디어와 역량 안에서 끝내 해결되지 않는 부분이 있죠. 그래서 타인에게 도움을 요청하고 서로 힘을 얻으며 희망을 안고 살 수 있습니다. 그래서 함께하지 못할 때 더 아프고요.

거리 공연에서 여러 악기와 목소리가 하모니를 이루어 많은 이에게 기쁨을 주었고, 각각의 밴드 구성원이 모여서 함께하는 시간 속에서 명곡 「어쩌다 마주친 그대」가 탄생했듯이, 주책공사는 독자와 독자가 모여 펼쳐집니다. 서점에서도 천상의 하모니가 울려 퍼집니다.

제
자
의

붓
질

어린아이가 달려올 때 그 누구도 가만히 서서 아이를 안지 않
을 겁니다. 아이를 안을 때는 몸을 숙여 자세를 낮추고 아이와
시선을 맞춰야 합니다. 그래야 안을 수 있습니다. 이처럼 품는
다는 것, 함께한다는 것은, 무릎을 꿇어야 하고, 자세를 낮춰
야 하고, 시선을 맞춰야 하는 일입니다.

독일 바로크 시대의 화가이며 벨기에를 대표하는 화가인 루벤
스는 어느 날 대작을 하나 완성했습니다. 오랫동안 공들인 작
품이었기에 루벤스는 휴식을 위해 잠시 화실을 비웠다고 해
요. 그때 그의 제자들은 스승이 오랫동안 공들인 작품이 궁금
했던 나머지 화실로 몰려갑니다. 여러 사람이 한꺼번에 몰리

다보니 화실에서 서로 몸이 뒤엉켜 스승의 작품을 넘어뜨리고 맙니다.

작품은 완성되었지만, 물감은 아직 완전히 마르지 않은 상태였기에 스승이 오랜 시간 공들인 작품은 엉망이 되고 말았죠. 제자들은 당황해서 아무것도 할 수 없었습니다. 그때 한 제자가 붓을 들고 스승의 작품에 색을 칠하기 시작했습니다. 조금이라도 만회해보려고 했던 행동이었지요.

루벤스가 휴식을 마치고 화실에 돌아왔습니다. 그는 그림을 고쳐 그리는 제자의 모습을 거리를 유지한 채 지켜볼 뿐이었습니다. 시간이 얼마나 흘렀을까요. 제자들은 마침내 스승을 발견하였지만 아무 말도 하지 못했습니다. 루벤스는 화를 내었을까요? 제자를 나무랐을까요? 루벤스는 이렇게 말했다고 합니다.

"내가 그린 그림을, 자네가 더 훌륭하게 고쳐놓았군".

이때 그림을 고쳤던 인물이 안토니 반 다이크입니다. 루벤스의 제자이던 시절 그가 그린 습작은 새똥이 묻은 채 헛간에서 발견되었음에도 310만 달러(약 38억 원)에 낙찰됐습니다. 만약 그날 루벤스가 그의 제자들을 혼내고 내쳤다면 가능한 일이었을까요?

50년간 정신과 전문의로 가르침을 전한 이근후 교수님과 그의 제자가 나눈 이야기를 담은 『어디 인생이 원하는 대로 흘러가던가요』를 읽는 동안에도 저는 참된 스승의 가르침을 목격했습니다. 자세를 낮추고 시선을 맞추는 스승을 보았습니다. 말이 아닌 삶으로 몸소 보여주었던 스승을 마주했습니다.

그 가르침에 순응하는 제자는 우리가 되어야 할 것입니다. 인생의 마지막 때에 이근후 선생님은 우리에게 이렇게 말하지 않을까요?

"내가 살아간 인생을, 자네가 더 훌륭하게 살아놓았군."

기억하나요? 겨울이면 울려 퍼졌던 그 노래를 말입니다. 인스타그램 라이브 방송을 통해 보여드렸던 서점의 북 트리는 늘 같은 배경 음악에 등장했었지요. 그 배경 음악은 단 한 번도 달랐던 적이 없었습니다. 이제 기억이 날까요?

네, 그렇습니다. 아시아 최초로 아카데미 음악상을 받았던 세계적 음악가 사카모토 류이치의 「Merry Christmas Mr. Lawrence」입니다. 제가 정말 사랑하는 뮤지션이었어요. 그는 위대했습니다. 저는 친구 덕분에 사카모토 류이치를 알게 되었고, 저 또한 그를 운명처럼 사랑하게 되었습니다.

사카모토 류이치의 사망 소식을 듣고 그 친구에게 전화했어요. 저에게 위로가 필요했고, 그 친구도 위로해주고 싶었기 때문입니다. 덕분에 사카모토 류이치를 알게 되어 기뻤고, 그를 사랑할 수 있게 해줘서 고마웠다고, 그리고 위로한다고요. 2주 동안 서점에서는 사카모토 류이치의 음악이 자주 흘렀어요. 그의 책을 아껴 읽어 사유하며 깊은 애도의 시간을 가졌습니다.

사카모토 류이치의 음악은 정말 다양하지만, 반복되는 멜로디가 특징입니다. 미니멀한 음악 속에서 반복되는 멜로디는 변화하고요. 하지만 그 멜로디의 본질은 변함이 없죠. 그게 마치 인생과도 같아서 그를 더없이 사랑할 수밖에 없었습니다.

큰 별이 우리 곁을 떠났지만, 그가 남긴 예술의 흔적은 앞으로도 우리가 살아가는 데 큰 힘이 되어줄 것입니다. 사카모토 류이치는 드뷔시, 바흐, 비틀스 등의 영향을 받아 음악을 완성해 나갔습니다. 이제는 사카모토 류이치를 통해 많은 예술가가 나오고 있고요. 앞으로도 그럴 테지요. 예술이 전이되며 그는 영원한 유산으로 남습니다.

그가 남겨준 예술은 바로 삶 자체입니다. 그의 음악은 청자로 하여금 지금을 살아가게 합니다. 그 삶은 우리이기도 합니다. 사카모토 류이치의 삶이 『음악으로 자유로워지다』에 고스란히 남아 있습니다. 그가 보고 싶을 때, 그가 그리울 때, 이 책을 펼칩니다.

접속사는 문장과 문장을

이어주는 역할을 합니다.

뒤따라온 문장을

꾸며주기도 하고요,

문맥의 의미를 달라지게도 합니다.

우리가 읽는 책들이

삶의 접속사가 되어

쉬고, 걷고, 달릴 때

각자의 이야기를 완성시켜줍니다.

어느 날, 독자분이 이런 댓글을 남겼습니다.

"사장님은 서점 안 했으면 큰일 났겠어요. 그렇게 열심히 하시는 거 보면 진짜 서점원이 천직인 것 같아요!"

그 댓글에 저는 이렇게 답을 달았습니다.

"서점원이라서 이렇게 사는 게 아니에요. 다른 직업을 택했어도 저는 똑같이 열심히 살았을 겁니다. 지금까지 그렇게 살아왔습니다. 이전에는 더했으면 더했지, 지금은 덜하거든요. 이제는 체력이 안 돼서 그렇게 못 해서요."

『읽는 슬픔, 말하는 사랑』이라는 책 제목을 처음 봤을 때 고개를 갸우뚱거렸습니다. '슬픔'과 '사랑'이 왠지 모르게 어울리지 않았거든요. 이별과 사랑이 더 어울리지 않나 생각이 들었습니다. 그런데 책을 읽는 내내 왜 책 제목이 그럴 수밖에 없었는지 깨달았습니다.

결국 사랑은 슬픔이었습니다. 사랑하면 마냥 행복하고 기쁜 게 아니지요. 시기도 하고, 질투도 합니다. 분명 사랑하고 있는데 외로워서 화가 나고 눈물이 난 적도 있었습니다. 그건 사랑해서 그런 겁니다. 그래서 사랑은 슬픈 거겠지요. 사랑하면 할수록 더 그럴 거예요.

삶이 중요할 때가 있고 사랑이 중요할 때가 있습니다. 삶과 사랑이 둘 다 중요할 때가 있고요. 삶이 중요한데 사랑은 하고 싶고, 사랑이 중요한데 삶은 또 잘 살고 싶다는 마음은 결국 이기심을 낳습니다.

우리가 삶을 택했다면 그것에 최선을 다하고요. 사랑을 택했다면 그것에 최선을 다해야 합니다. 사람과 사랑 둘 다를 택했다면, 우리가 어느 시선에 머물러 있든 간에 그것에 최선을 다해야 합니다. 사랑을 한마디로 정의할 수 없겠지만, 이 책을 사유하는 내내 느꼈던 감정은 '삶과 사랑은 어정쩡하게 기다리고 지켜보는 게 아니라 최선을 다해야 한다'는 거였습니다.

나는 최선이라고 생각했지만 타인은 그러지 못할 때가 있습니다. 그 진실을 직접 듣게 된다면 상처를 받기도 하죠. 그럴 때는 물러나는 것도 방법입니다. 우리에게는 또 다른 삶이 있고 또 다른 사랑이 있으니까요. 애써 아프지는 맙시다. 상대는 나와 같은 삶과 사랑을 택하지 않았어요. 그것을 인정합시다.

엉망이지만 완전한 축제

인생에 예고편이 주어진다면, 과연 우리는 올바른 선택을 하며 삶을 다할 수 있을까요? 진정 행복한 삶을 누릴 수 있을까요? 이 질문에 흔쾌히 그렇다고 대답하기란 쉽지 않습니다. 예고편은 모든 것을 말해주지 않으니까요. 예고편은 달콤한 유혹 혹은 도박일지도 모릅니다.

인생에 예고편이 주어진다 한들 우리는 현재를 살아갈 수밖에 없기에, 사는 게 늘 어렵습니다. 예고편은 말 그대로 예고에 그칩니다. 앞으로 다가올 상황과 여건을 예측만 할 수 있을 뿐, 주어질 상황과 여건에 딱 맞추어 살아갈 순 없죠. 그래서 우리는 늘 이야기합니다. 삶은 뜻대로 되지 않는다고요.

아무리 좋은 마음과 생각을 고쳐먹어도 삶이 벅찰 때가 있습니다. 한계점에 부딪힙니다. 좌절했고 낙망하고 원망했던 순간들을 지나갈 수 있었던 건 그때마다 묵묵히 곁에 있던 벗 덕분입니다. 그들이 숨이 되어주고 호흡을 불어넣어 앞으로 나아갈 수 있었습니다. 우리는 혼자 살 수 없습니다. 함께해야 합니다. 그래서 삶은 지금을 대하는 태도와 시선이 중요합니다.

백범 김구 선생님께서는 "돈을 맞춰 일하면 직업이고, 돈을 넘어 일하면 소명이다. 직업으로 일하면 월급을 받고, 소명으로 일하면 선물을 받는다."라고 말했습니다. 이는 주책공사를 운영하는 원칙이기도 합니다. 그렇다고 선물을 받기 위해 삶을 다하는 말은 아닙니다.

사람마다 다르겠지만 저의 삶에 있어 가장 큰 선물은 돈도 아니었고, 명예와 직위도 아니었습니다. 가장 큰 선물은 사람이었습니다. 사람 때문에 태도를 바르게 하고 사람 때문에 시선을 옳게 둘 수 있었거든요. 삶이 고단하고 숨이 가쁠 때 사람 덕에 삶을 다할 수 있었습니다. 사람 때문에 먹고살고, 사람 때문에 가진 것을 나누게 되었습니다.

어쩌면 삶은 엉망일 수밖에 없어요. 매 순간 낯설죠. 우린 초보니까요. 우리가 살고 있는 오늘은 늘 새롭게 마주하는 처음이니까요. 엉망인 이 삶이 완전한 축제가 될 수 있었던 건 당신이 있었기 때문에, 처음인 오늘을 당신과 함께 마주하기 때문에 가능했는지도 모르겠습니다.

"내 것인 줄 알았으나 받은 모든 것이 선물이었다."
이어령 선생님의 유고집 『이어령의 마지막 수업』에 실린 이 말을 깊이 새깁니다.

삶은 선택의 연속입니다. 오늘 어떤 옷을 입고, 어떤 밥을 먹고, 어떤 음료를 마시고, 어떤 사람을 만나고, 어떤 곳을 가고, 어떤…. 우리는 늘 어떤 것을 마주하고 선택합니다. 가만히 있을 수만은 없는 게 인생입니다.

누워서 쉴 때도 마찬가지입니다. 핸드폰이라도 만집니다. 핸드폰을 통해 어떤 영상을 보고, 어떤 텍스트를 읽을지 우리가 선택합니다. 지금, 이 글을 읽고 있는 당신은 그 어떠함에 의해 이 책을 선택했습니다. 어쩔 수 없이 선택하고 또 선택할 수밖에 없는 삶. 분명한 것은 책을 읽으면 읽을수록 좀 더 나은 선택을 할 수 있었다는 것입니다. 독서는 결국 우리를 생각하게 만드니까요.

<순간포착 세상에 이런 일이> 1,119회 '배달의 순포' 특집에서는 긍정적인 마음을 장착한 82세 할아버지의 이야기가 소개되었습니다. 가내수공업을 하다 기계에 손이 말려 한쪽 팔이 불편한 상태임에도, 계단을 오르내리며 누구보다 밝고 건강한 모습으로 일하는 오광봉 할아버지는 이렇게 말합니다.

"책을 읽지 않으면 정신이 가난해진다."

정신이 가난해진다는 것은 생각하지 않는다는 말입니다. 생각하지 않는다는 것은 선택의 순간에 주저하게 된다는 의미입니다. 오광봉 할아버지의 말씀은 우리가 책을 읽어야 하는 이유와도 같습니다. 그 말이 우리의 삶을 이끌면 좋겠습니다. 우리가 모두 정신만큼은 가난해지지 않았으면 좋겠습니다.

세상에서 가장 불행한 건, 그 어떤 가난보다 정신이 가난해지는 것이지 않을까요?

책을 읽는 중에 환희가 넘치는 순간이 있습니다. 책의 마지막 문장의 마침표를 읽고 책을 덮는 순간입니다. 저는 이 맛을 끊을 수가 없어요.

단순히 책을 완독했다는 이유 하나만으로 환희가 넘치는 것은 아닙니다. 마침표 뒤에 새로운 시작이 있기 때문입니다. 스스로 새로운 이야기를 그려나갈 수도 있고, 새로이 다짐한 삶을 살아갈 수도 있습니다. 마침표 이후의 이야기와 삶은 온전히 독자의 몫입니다. 이 몫이 저는 그리도 좋습니다.

1980년 제4회 대학가요제에서 은상을 수상한 그룹 샤프의 「연극이 끝난 후」라는 노래가 있습니다. 영화 〈친구〉에서 배우 고 (故) 김보경이 무대에서 부른 노래이기도 합니다. 첫 가사가 "연극이 끝나고 난 뒤 혼자서 객석에 남아 조명이 꺼진 무대를 본 적이 있나요"입니다. 공허하고 고독하지만, 그것이 진정한 무대의 시작임을 암시하는 노랫말이 아닐까요?

책의 마지막 장, 마지막 문장, 마지막 마침표. 그것은 끝이 아닌 시작입니다. 진정한 책의 가치는 마침표 이후에 시작됩니다. 그것이 지금 당장 보이지는 않더라도 말이죠.

헬렌 켈러는 말했습니다.

"행복의 문 하나가 닫히면,

다른 쪽 문이 열린다.

그러나 우리는 대개

닫힌 문을 멍하니 바라보느라

우리를 향해 열린 문은

보지 못한다."

책은

우리에게 열린 문을

보게 합니다.

그대에게

열린 문을 선사합니다.

오늘도, 펼침

초판 1쇄 발행 2025년 3월 10일
초판 2쇄 발행 2025년 3월 17일

지은이 이성갑
펴낸이 최지연
편집 김민채
마케팅 윤여준, 김나영, 김경민
경영지원 강미연
디자인 [★]규

펴낸곳 라곰
출판신고 2018년 7월 11일 제 2018-000068호
주소 서울시 마포구 큰우물로 75 성지빌딩 1406호
전화 02-6949-6014   **팩스** 02-6919-9058
이메일 book@lagombook.co.kr

ⓒ 이성갑, 2025

ISBN 979-11-93939-23-9 03810